Arco de virar réu

Antonio Cestaro

Arco de virar réu

TORDSILHAS

O texto deste livro foi fixado conforme o acordo ortográfico vigente no Brasil desde 1º de janeiro de 2009.

REVISÃO Bia Nunes de Sousa e Bárbara Parente

CAPA Sérgio Campante

IMAGEM DA CAPA: ilustração da capa da edição original alemã de *Duas viagens ao Brasil*, de Hans Staden, impressa por Andreas Kolbe, em 1557.

IMAGEM DA QUARTA CAPA: "Icon Regis Quoniambec", ilustração de *Monstrorum Historia: Cum Paralipomenis historiae omnium animalium* (Bononiae: 1642), de Ulisse Aldrovandi.

1ª edição, 2016

Dados Internacionais de Catalogação na Publicação (CIP)
(Câmara Brasileira do Livro, SP, Brasil)

Cestaro, Antonio
Arco de virar réu / Antonio Cestaro. – São Paulo : Tordesilhas, 2016.

ISBN 978-85-8419-035-5

1. Ficção brasileira I. Título.

16-00362 CDD-869.3

Índice para catálogo sistemático:
1. Ficção : Literatura brasileira 869.3

2016
Tordesilhas é um selo da Alaúde Editorial Ltda.
Avenida Paulista, 1337, conjunto 11
01311-200 – São Paulo – SP
www.tordesilhaslivros.com.br

Para Dirce, minha mãe,
e para Amanda, minha filha.
Meus elos com o passado e com o futuro.

Primeira parte

"Todas as famílias felizes se parecem;
cada família infeliz é infeliz à sua maneira."
Liev Tolstói

1

E eu dizia a ele que a dobradiça havia cedido ao peso do tempo e ao inabalável apetite de cupins de incontáveis gerações. Que o vão da veneziana caída e entreaberta projetava um facho de luz poeirento no quarto emudecido por tempo de difícil constatação. Que quem por ali passava vislumbrava uma janela velha numa casa em ruínas, recuada e parcialmente recoberta pela vegetação outrora tratada como jardim. Mas também queria fazê-lo entender que, para mim, mais que isso, a ruína consistia na fagulha que acende o fogo, na água que desloca o monjolo, na queda, no choro, na semente e no tronco apodrecido. A parte e o todo num único fragmento ou no transcurso de uma existência.

* * *

Dou expediente na observação da relevância dos pequenos sinais e na perseguição de histórias sem valor histórico, da memória de logradouros que não dizem muito a ninguém, e chego amiúde a raízes originais impregnadas de cultura tupi, o fim da linha para quem foi ou apenas o começo para quem volta. Trabalho o efeito do tempo na matéria, o que torna as velharias o meu ponto de partida constante. Perpasso, através da biografia dos objetos, ocorrências regulares e tragédias, alerta para identificar o momento exato em que o sopro cruel que a todos assombra apaga impiedosamente a chama que mantém a vida.

Ocupo todo o espaço possível em aventuras capazes ao menos de confundir os fatos e na amarga realidade que fez da minha própria história uma pequena tragédia sem nenhuma importância para o mundo. E, quando em crise, a sensação perturbadora de que já não me basto me faz buscar em vidas e histórias alheias os significados e as razões para seguir vivendo e continuar participando também de realidades que são ou foram apenas parcialmente minhas: a do irmão que me abismou com tantas crueldades contra si mesmo, a da mãe que carrega um baú de culpas e olhos de enxergar transparência, a do pai ausente desde muito cedo, a da irmã que abriu janelas para outra verdade – o universo de todas as possibilidades, mas refúgio impenetrável para quem não esteja iniciado na arte da representação. Vivo entre a exacerbação de uma mente doente, que ignora limites e poderes, e uma encenação ordinária que impõe toda sorte de dúvidas temperadas com dores de intensidades variadas.

Como primogênito, estive na mira das incumbências. Ocupei compulsoriamente responsabilidades do pai, que se lançou fácil num segundo casamento mesmo antes do nosso destino ser manchado de incertezas. Dona Tereza, a nossa mãe, com doçura e uma aparente fragilidade, acalentou esperanças, cultivou um perfil de paciência e tolerância que nem sempre pude entender como positivo. Ainda hoje me pergunta com a mesma regularidade de antes se eu vou bem. Vou bem, minha mãe, não se preocupe comigo.

Confio que a minha razão não há de me trair no futuro. Desenvolvi armas e recursos, como o apego a atividades cujas finalidades só fazem sentido para mim mesmo e o mergulho no melhor que pode brotar da insanidade, que por vezes esboça ímpetos de criatividade, ainda que entremeada de certa violência e uma dose de desespero que com o tempo se converte em resignação.

Achei que havia situações importantes do passado para repetir e não me cansava. Quando visitei o meu irmão em sua primeira internação e lhe perguntei como estava se sentindo, a resposta me desconcertou como um forte ruído num ouvido ainda despreparado para perceber qualquer sinal de melodia.

Passaram os soldados das tropas inimigas, que, armados de granadas e tanques, saquearam, fizeram balbúrdia e roubaram os sentidos e os botões das roupas de todos neste lado do rio. Ficaram as camisolas de laços que apertam e cobram um grito contínuo para manter as corujas e os macacos alertas para o perigo de incêndio das velas de aniversário.

Atravessei a verborragia e quis saber como tinha sido o café da manhã, e a encenação prosseguiu na mesma batalha de uma guerra para além de qualquer fronteira.

Estamos precisamente no norte, o pelotão marcha com a bandeira à frente, rasgada em tiras, e a ameaça é de bombas que podem cair sobre nós a qualquer momento. A janela não pode ficar aberta, passam formigas no batente e o inimigo pode perceber a movimentação e entender toda a nossa estratégia. Mordi a mão do anjo pela segunda vez, preciso da minha voz. Enquanto ouvem o meu canto, os soldados inimigos ficam perdidos em trilhas sonoras desconhecidas. Não posso abandonar o meu posto, gente do meu sangue pode ser emudecida e plantada em jardins de cruzes. Abaixem-se! E façam silêncio. Deixem a minha voz passar livre e selem o meu tordilho, que irei ao acordo amanhã com o nascer do sol e não voltarei sem a certeza de que os nossos roseirais serão poupados por pelo menos dez anos. Deixem na retaguarda as formigas da sala de banhos. Elas saberão o que fazer no fracasso do acordo.

Fechei devagar os olhos e voltei às imagens do menino sorrindo no dia em que recebeu um exército inteiro, cavalaria, infantaria, mapas e estratégias de guerra num tabuleiro bem desenhado, e me dei por completo naquele quarto de hora, entregue ao mundo daquela fantasia singular que se converteu, gradualmente, na presente realidade. E, acolhendo temporariamente a tal realidade, assumi por alguns minutos o posto de coronel. Coronel Bristol, a serviço da pátria.

2

O verão de 1973 se aproximava, e, como nos anos anteriores, esperávamos a curiosa mudança na força da gravidade que acabaria por nos puxar ao encontro do mar. Dias mais tarde entraríamos em dezembro, com sua força simbólica capaz de representar emoções festivas que se desgastam com o amadurecimento. Eram certezas incontestáveis, num período em que a juventude da família fazia mais pela nossa vida do que o milagre econômico em curso. O cinco representava a perfeição na minha ideia de matemática familiar, que naqueles dias ignorava por completo o poder da subtração. Com efeito, por influência do gosto pelos números, eu calculava a idade média da família somando a idade de todos nós e dividindo por cinco, o que resultava em dezenove, e depois vinte conforme os dias avançavam.

Bagagem bem ajeitada, de capricho calculado por um pai disposto a levar para as férias, além das exigências comuns de viagens, um plano futuro de rupturas no nosso diminuto clã. Soube anos mais tarde, quando a insanidade já havia consumido os nossos sorrisos e se ocupava em roer parte importante do nosso orgulho, que a ausência da família paterna na nossa convivência se deu em grande parte pelo abatimento do meu pai e por sua incapacidade emocional de conviver com a minha avó nos estágios ainda primários de uma doença que em poucos meses acabaria por lhe tirar a vida.

O sol, como nas temporadas passadas, atrairia também o nosso primo Juca, um ano mais novo que eu, que estava com dezessete, mas uns bons anos à minha frente na arte de conquistar as garotas bonitas da praia e de fazer novas amizades, e também a tia Rosana, que, ao contrário das tias da família do pai, mantinha um vínculo próximo com a gente. Era um tempo para exercitar com liberdade a excitação juvenil, apoiada por recursos suficientes para viver com inocência a leveza insustentável que a ingenuidade nos faz entender duradoura.

Aquela estação festiva, de tardes ruidosas de brincadeiras na praia, de noites de encontros secretos arranjados pelo Juca e de tantos outros prazeres, ficaria também marcada pela estreia do jogo de estratégias bélicas que ganharia futuramente espaço definitivo na nossa vida. Ele chegou envolto no amor da tia, embrulhado com capricho em papel listrado e com dedicatória. No dia que seguiu a noite da troca de presentes, o Pedro não foi à praia, se dedicou a tirar o máximo divertimento daquele brinquedo e do poder simbólico que as armas e as patentes conferem à dinâmica lúdica de viver e morrer na defesa de ideias, de territórios e, quem sabe, de muito mais coisas que com o passar dos anos se juntaram acima do meu poder de compreensão.

Os dias daquele verão foram memoráveis e marcaram o estágio final de uma convivência familiar que parecia ter o desenho da estabilidade, na qual as inseguranças e os temores juvenis eram neutralizados com suavidade. Se havia bons motivos para os desarranjos que o futuro nos reservava, passávamos à margem deles. Anos mais tarde, num momento de tristeza extrema, dona Tereza revelou que houve problemas na sua relação conjugal que foram vividos restritamente à intimidade do casal, e que, embora ela soubesse da possibilidade de uma ruptura, se enganava na esperança de que o tempo e os planos de futuro pudessem trazer frescor a uma relação que já havia muito se deteriorava.

3

Após idas e vindas, o nosso pai se mudou definitivamente para Foz do Iguaçu. Foi viver um novo casamento, e a escolha da cidade não foi ao acaso. Havia alguns anos ele viajava a serviço do departamento de engenharia de uma grande construtora para trabalhar no projeto da usina hidrelétrica de Itaipu. Matriz energética, remanejamento ambiental e energia limpa eram termos familiares em casa. No entanto, esse projeto expansionista do Brasil causou verdadeiro choque no nosso núcleo familiar, e cada um de nós o sentiu em diferente voltagem. A ruptura em si não significava muito, o tempo se encarregaria de acomodar as coisas de uma ou outra forma, eu pensava. A dona Tereza, que de início ficara um tanto paralisada pelas mudanças, não demorou em assumir novos compromissos. Retomou o trabalho de gerente de contas no mesmo banco onde havia trabalhado antes da decisão de se dedicar com exclusividade à família. Tudo parecia se encaixar aos poucos na normalidade, à exceção do Pedro, que gradativamente se tornava mais reservado, arredio, cada vez menos disposto às atividades que incluíssem pessoas e espaços livres. Isso preocupava a mãe, que intercedia sempre para levarmos o irmão junto, para o incluirmos nas nossas atividades. A Clara participava de encontros frequentes com a turma da escola envolvida em teatro, gente comunicativa e no geral tolerante com os mais diversos perfis de personalidade. Percebia, como a mãe e eu, que o Pedro não podia ficar resumido a um pequeno quarto de pouca claridade, à pilha de livros sobre tudo o que fizesse referência a conflitos armados, e fez diversas tentativas de engajá-lo no grupo e garantir uma troca social que pudesse libertá-lo minimamente do confinamento autoimposto.

O Pedro não se dava conta de que, ao assumir aquele comportamento, estava se desarmando para a batalha de uma guerra que poderia durar por toda uma vida. A conveniência de aceitar o Pedro naquele tipo de comportamento disfarçava o preço que se acumulava para o futuro.

4

O telefone tocou e a voz da mãe, preocupada, foi direta em contar que o Pedro não havia chegado na escola para a excursão programada. Demorei alguns segundos para entender o que se passava, e na hora em que percebi o que tinha acontecido fiquei também preocupado. O Pedro não tinha histórico de escapadas, que podem até ser consideradas normais para um jovem que vive os embates comuns da adolescência. A voz da mãe era de um timbre diferente, e pude intuir que algo ruim estava embutido naquele episódio e que providências imediatas eram indispensáveis. Enquanto fui à escola para saber o que poderia ter ocorrido, a mãe se dirigiu à casa do Augusto, um dos colegas menos distantes do Pedro, confiante em que o filho dessa vez pudesse ter deslizado para um comportamento fora do habitual.

A professora Carmem, de ciências, com quem eu também havia estudado, foi quem esclareceu o ocorrido: a excursão para o museu de biologia, que deveria ter saído às dez da manhã, tinha atrasado vinte e cinco minutos. Três alunos da lista não compareceram, entre eles o Pedro. A escola fez diversas tentativas de nos avisar ainda pela manhã, mas o telefone só chamava, ela disse.

Com o Augusto, nenhuma notícia do Pedro. O menino garantiu que não o via há dias e não tinha nenhuma ideia do que poderia ter acontecido.

Reunidos novamente em casa, não sabíamos por onde começar a procurá-lo. Talvez fosse o caso de deixar anoitecer para não tomar atitudes precipitadas. Torcíamos para que o Pedro tivesse dessa vez transgredido e, se ele chegasse a qualquer momento, já havíamos combinado trocar a repreensão por uma recepção calorosa, mas o Pedro não voltou, e o avanço das horas esvaziava a nossa esperança de que tudo se resumiria a uma escapadela adolescente, que acontece todos os dias em todos os lugares do mundo, embora soubéssemos desde o início que não havia no Pedro nenhum indicador de que ele agiria de tal maneira.

Ao escurecer, o drama ganhou uma pitada extra de angústia, e a paciência da dona Tereza se esgotou. Decidimos que era o momento de nos mobilizar para localizar o Pedro. Fomos à delegacia registrar a ocorrência e soubemos que as buscas eram iniciadas apenas vinte e quatro horas depois do último contato com o desaparecido. Argumentamos que o Pedro tinha um comportamento diferente do da maioria dos jovens e que o melhor lugar para encontrá-lo seria a nossa própria casa, e a resposta evasiva que tivemos nos deu a certeza de que, pelo menos por aquela noite, teríamos que fazer por nós mesmos o que tinha para ser feito.

Saímos pelas ruas do bairro, a princípio orientados pela obviedade, visitando pessoas amigas que tivessem o menor vínculo com a gente. Seguimos o percurso das ruas mais movimentadas do bairro e o trajeto de casa até a escola, que não tinha mais de três quilômetros. Ao chegar na escola nos demos conta de que havíamos percorrido todo o bairro e a vizinhança familiar ao Pedro e que o certo era expandir as nossas buscas para paisagens mais distantes. O relógio marcava onze horas e doze minutos; a noite fria, úmida, e a escuridão de inverno traduziam o desalento que se instalava. Ao ver o abatimento da mãe, sabia que não podia insinuar fraqueza. O melhor seria procurar uma viatura da polícia de trânsito. Quem sabe um aviso aos agentes da área sobre a nossa busca?

Saímos com olhares atentos e seguimos direto para a avenida principal, que liga o nosso bairro a outros no sentido do centro da cidade. O movimento frenético das ruas amainava com o avançar da noite; tudo parecia ceder ao silêncio, ao cansaço. Às quatro e meia da manhã, dona Tereza fez menção de voltar para casa e deixar o dia amanhecer. Voltamos.

A campainha do telefone interrompeu a mescla de sono e vigília temperada com pesadelos que me acometia no sofá. Dona Tereza atendeu ligeira e ouviu a notícia que esperávamos: o Pedro estava em segurança num hospital do outro lado da cidade. Acidente? Não, nenhuma lesão, só uma aparente desorientação. Saímos na mesma hora.

No hospital, encontramos o Pedro apático, sonolento e confuso; ele não nos deixava entender a razão efetiva da internação. O importante é que ele está bem, dona Tereza dizia. Perguntei ao Pedro onde ele havia arranjado o traje que usava e ele se limitou a dizer que a sugestão tinha vindo do comando geral. O importante é que ele está bem, eu concordava. Na conversa com o médico que o atendeu, soubemos que o Pedro apresentava um quadro grave de ansiedade e contava uma história alucinante sobre uma suposta disputa entre um coronel e um general pelo comando do regimento, tudo apontando para um possível diagnóstico de transtorno mental. Ele nos sugeriu consultar um psiquiatra para aprofundar a investigação e nos informou sobre os medicamentos administrados durante o atendimento.

O Pedro até que fica bem de coturno, falei quando estávamos a caminho de casa, sem querer parecer engraçado, pensando apenas em amenizar a gravidade da cena, mas fui repreendido pela mãe, que achou que aquele não era um bom momento para qualquer tipo de anedota. Em casa, trocamos a noite pelo dia e demos como encerrada a parte inicial daquele grave e ainda nebuloso acontecimento. O sono nunca mais seria o mesmo.

5

Anos depois, o amadurecimento, como fora conjecturado, tinha exercido o poder de aprofundar os distúrbios compatíveis com a patologia do Pedro, sem menosprezar, no entanto, a capacidade de influência dessas desordens na vida dos desventurados forçosamente envolvidos pela enfermidade. Quase como uma metástase se alastrando no organismo familiar. Nessa época, as boas vocações também haviam expandido seus domínios. A Clara se tornara coordenadora de um importante núcleo experimental de teatro e eu havia avançado consideravelmente nos estudos das características culturais de grupos humanos primitivos. O pai, acometido pela doença que impõe a metástase verdadeira, falecera no ano anterior. A herança genética havia confirmado seu potencial em mais uma geração.

No cartaz colado à entrada do auditório, uma tigela cerâmica ao fundo identificava a temática indígena do evento. Eu seria o segundo a apresentar os resultados do meu recente trabalho de campo; em dez ou doze minutos seria convidado a compor a mesa e iniciar a minha fala sobre os costumes e as tradições dos índios no período da colonização, com foco especial nos tupinambás, que habitavam o litoral da região sudeste do Brasil.

Havia passado com a dona Tereza no hospital psiquiátrico e estava sob efeito do impacto de ver os hematomas da última crise do Pedro, ainda processando o teor perturbado das falas desordenadas, que tiram qualquer possibilidade de um diálogo cognoscível. Embora avisado para não gastar tempo em entender ou decifrar qualquer significado proveniente daqueles falatórios desconexos, não deixava de me intrigar com eles. Tinha as minhas razões, havia participado das primeiras batalhas com o Pedro, quando o espaço lúdico ainda não havia sido dominado por aquela contundente realidade paralela.

Cães ferozes protegem os portões! Água produz altas labaredas. Quem vai se interessar pela carne de pele queimada? Avante, homens! Não deixemos a noite com a sua infeliz vocação para a finitude diária frustrar iniciativas que podem valer sacolas de almas. Temos que juntar onze cabeças para o ornamento da cúpula pensante.

Fui convidado a subir e ocupar o assento entre o professor Paulo Siqueira, referência nacional em arte indígena, e a professora Chaya Berg, doutora em antropologia, com os quais eu mantinha contato frequente por interesses essencialmente acadêmicos desde a minha graduação em história social. Falei por vinte minutos sobre os tupinambás, os seus costumes e rituais, e, quando abri para perguntas, o maior interesse dos ouvintes estava na prática do canibalismo daquele povo e nas suas crenças. Enquanto respondia às perguntas, percebi a união de duas pontas de um mesmo fio, composto de matéria do passado e do presente, e fiquei ansioso por terminar aquele simpósio para me ater, concentrado, a um aspecto do estudo antropológico das sociedades primitivas e à retórica sinuosa e desconexa que o Pedro adotou e desenvolveu com o passar do tempo. Dei-me conta, pela primeira vez de forma reveladora, de que havia elementos recorrentes na verborragia do Pedro. Palavras como pele, carne, sangue e outras tantas focadas em aspectos físicos de supostos inimigos estavam sempre presentes, algumas vezes dissimuladamente, noutras frontalmente, com caráter quase sempre chocante. Lembrei-me de quando ele respondeu à pergunta que fiz sobre a sua resistência em se alimentar de forma adequada, com aquele pensamento em tom de segredo que ficaria guardado nas minhas mais remotas gavetas de memória.

Não sobrecarregamos cavalos com pesos além de armas e de pedras de fazer fogo. As tropas inimigas representam a carne.

Estaria eu entrando num jogo imaginário cujas regras minha própria mente forjaria para dar sentido ao que fosse de natureza supostamente equivalente? Ou estaria na iminência de associar comportamentos que dividem o mesmo espaço no mais primitivo recôncavo do inconsciente? Decidi observar e anotar os conceitos de maior frequência nas falas do Pedro e atentar para aspectos físicos de comportamento, como gesticulações, respiração, agressividade e demais detalhes que pudessem se relacionar com o significado que eu imaginava poder dar algum dia às causas perdidas do Pedro.

6

As rodas do monomotor tocaram o solo irregular da improvisada pista de pouso de Iauareté, e algumas dezenas de índios, entre eles muitas crianças, compunham uma espécie de bloco receptivo costumeiro naquela Terra Indígena do Alto Rio Negro, conforme soube mais tarde. Era mais uma pesquisa de campo, que consistia numa imersão de três meses no cotidiano da comunidade local. O meu foco primário estaria na relação de poder hierárquico dos índios da região e num estudo ainda mais aprofundado dos aspectos da liderança e a sua influência no comportamento dos grupos. Ao chegar na hospedaria onde dormiria naquela noite, me senti mais leve, um pouco por estar em terra firme e um pouco mais por ter presenteado diversos índios da saída do avião até a entrada do jipe. Não dei crédito aos avisos para ir munido de quinquilharias, mas por sorte ainda dispunha do relógio de pulso e da câmera fotográfica, sem os quais a minha permanência e o meu estudo em terra indígena teriam sido seriamente comprometidos.

Antes da minha partida, a dona Tereza havia sugerido que eu deixasse essa história de índio e me dedicasse a um trabalho mais lucrativo. As contas da casa eram pagas pelo salário da mãe e pelo dinheiro que mensalmente recebíamos por um imóvel comercial que mantínhamos alugado desde o divórcio dos meus pais. Ao ouvir aquele apelo, prometi a ela que pensaria num jeito de ganhar dinheiro com o conhecimento e a formação que havia tido, mas que isso teria que ficar para a minha volta.

Depois daquela viagem, decidi que a minha dedicação ao universo indígena se daria na metrópole, seguindo passos de índios mortos há quatrocentos, quinhentos anos ou mais, e que índios vivos ficariam mesmo a cargo de antropólogos com pais casados e irmãos de conversas cognoscíveis. Contudo, extraí da viagem experiências únicas e a confirmação da ideia de que o conceito de realidade é mesmo abstrato e particular. Foi nesse ponto que vi o meu caminho abrir para mais sete dúzias de saídas, e o peso do possível, do impossível, do certo, do errado, do absurdo e do normal começaram a se movimentar, a se insinuar para a equalização.

O general Corso espera o sinal para a travessia das tropas. Dentre os feridos de morte, ouvi sussurros sobre a coragem heroica do coronel Bristol. Calem-se todos e se concentrem nos estertores alheios para não ouvir os seus próprios suspiros derradeiros.

A minha participação nessas batalhas intermináveis tinha histórico consistente e sempre acontecia em contextos de bravura, determinação e poder, o que de certo modo me causava um orgulho no mínimo desconcertado. Quem sabe fosse mesmo possível ordenar ideias aleatórias numa sequência lógica dentro da realidade comum do homem normal, e eu talvez pudesse fazê-lo com os fragmentos que colecionara desde o dia em que fui pela primeira vez vestido de farda, com divisas de coronel, e chamado de Bristol, um nome exclusivo para aquele conflito bélico sem armas, de letalidade lenta e dolorosa. Mas como fazê-lo sem marchar lado a lado com aquele exército de manobras imprevisíveis, de cadeia de comando instável e oportunista na arte de detectar flancos fragilizados para promover o avanço inexorável das suas tropas? Não tinha o tempo a meu favor, sabia que respostas conclusivas poderiam ficar para sempre no terreno do desejo, e o adiantado da hora me cobrava a iniciativa de seguir direto para o delta na confluência dos rios Tamanduateí e Anhangabaú, no topo da colina, identificado na cartografia atual como Boa Vista, Rua Boa Vista, onde, a convite, conheceria alguns manuscritos originais de Hans Staden do tempo em que ele foi aprisionado pelos tupinambás e um conjunto original de gravuras de Jean-Baptiste Debret, que retratou os indígenas e a escravatura quase três séculos mais tarde.

O sujeito que conduzia o carro, designado para me apanhar em casa e levar até o local do encontro, me perguntou duas vezes se eu havia frequentado o quartel do exército do Cambuci nos anos 1970. Surpreso com a pergunta, demorei quarenta e dois segundos para responder, na segunda vez, com um não convincente. O mais próximo que cheguei de um quartel militar foi quando fui levar o Pedro para o alistamento com o atestado médico sugerindo a sua dispensa imediata, o que foi aceito sem nenhum questionamento. Sentado no banco traseiro do automóvel, me fechei em copas. Não suportava ser questionado num assunto particular como aquele.

7

A tia Rosana confirmou que seria avó em apenas dois meses. O Juca Bala, como os colegas de profissão o chamavam, já havia me falado que teria um filho com a assistente de câmera, e, pelo tom da conversa que a tia estava tendo com a dona Tereza, a educação e o sustento da criança estavam pendendo para o lado dela, que já bancava toda aquela experimentação cinematográfica do filho. A partir daquele dia, eu também passei a chamá-lo de Juca Bala, por considerar o apelido bem apropriado ao primo. A tia, pelo que pude perceber, achava que o apelido estava relacionado com a guloseima. Eu sabia que a bala daquele composto era a de impactar e não a de adoçar.

O primo tinha um temperamento dinâmico, um sorriso fácil e um pavio curto, embora não o bastante para ofuscar a amizade e a paixão que despertava nas pessoas.

No braço direito, o Juca Bala ostentava uma serpente tatuada cuja língua bifurcada alcançava a sua orelha, e cujo guizo, no rabo, parecia estar rastejando para fora da palma da sua mão. Eu conhecia a história daquela tatuagem que a tia Rosana não tolerava, o que reforçava ainda mais o *status* emblemático da cobra em representar o livre-arbítrio do primo. A serpente tinha um nome, foi o que o Juca Bala disse quando me apresentou a tatuagem, no dia em que acabara de fazê-la. Então ficou claro que as nossas aventuras de verão, muitas vezes defumadas com uma ingênua *Cannabis*, no caso do primo foram turbinadas para viagens mais longas e perigosas sob a direção de um ousado e ainda pouco habilitado jovem, cujas emoções eram postas nas extremidades do que quer que fosse.

Odete era o nome da cobra multicolorida que o acompanhava no carrão LSD turbinado a mil por hora, ele me contou. De verdade achei Odete um nome muito careta para uma serpente com todo aquele potencial de impressionar. Isso até rendeu umas boas risadas, mas quando o Juca Bala começou a queimar a ponta do seu pequeno pavio eu achei que era melhor dizer a ele que Odete não era de todo ruim, afinal o avô do Cardoso, que criava frangos e porcos para as datas festivas e era figura querida no bairro, chamava de Granfino o porco que havíamos comido na última Páscoa.

No dia dessa conversa estávamos a caminho para visitar o Pedro. Foi a primeira visita do Juca Bala, e muitas outras a sucederiam. O primo parecia entender e falar a linguagem do Pedro, e o fazia mostrando o melhor do seu bem dosado entusiasmo.

O carregamento foi interceptado. Voam espetáculos de dedos cortando línguas de plantar estacas.

Muito bom isso! O Juca Bala reagia e emendava com uma carga de conversa na mesma linha de delírio. Ainda vou usar isso no meu trabalho, primo. Pensei na quantidade de anotações semelhantes que acumulava, hesitei e preferi não revelar ao Juca, que já era dotado de um punhado razoável de juízos desordenados. Eu não estava nos meus melhores dias e pensava como um idiota que, àquela altura da vida, era merecedor de viver entre gente mais aprumada das ideias, de discurso mais coerente, e que o Juca Bala me desapontava com o deleitamento irritante daquele palanfrório incessante.

Cruzando a ponte, a fronteira despenca do galho da grande mãe. Luvas! Luvas brancas! Enforquem o primeiro para que seja visto! Quero lhe dizer que o segredo está no apodrecimento dos corpos.

O tempo da nossa visita se esgotou, e no caminho de volta o primo relutava em retornar à realidade. Parecia ter descoberto um novo mundo de possibilidades naquela realidade paralela na qual os conceitos não estavam aparentemente subordinados a nenhum tipo de lógica. Deixou por fim uma promessa de extrair daqueles conteúdos delirantes a matéria-prima para um trabalho cinematográfico. No caminho de volta eu pensava no que aquilo podia resultar, e, sem esquecer o meu esforço para tentar dar algum sentido aos fragmentos de histórias do Pedro, não fazia mais do que ouvir para não me envolver em outra armadilha que a esquizofrenia alheia podia estar conspirando para me manter cativo naquele movimento de insanidade que se alargava a cada volta, ampliando as suas consequências na minha história.

8

O show do Raul Seixas começaria às nove. Se o Juca Bala mantivesse o ritual dos tempos de solteiro, pararia o seu barulhento Dodge na porta e daria duas buzinadas curtas, o que não demorou mais de dez minutos para acontecer. Desci as escadas e fiquei um pouco contrariado ao ver a Janaína no banco da frente. Não me ocorrera que uma gravidez de sete meses não fosse obstáculo para quem curtia o maluco beleza, como era o caso da Janaína, e já era mesmo tempo de fazermos um programa a três, eu atinava antes de saber que uma amiga da Janaína se juntaria a nós na esquina da Bela Cintra com a Alameda Santos. Intuí que ali tinha uma armação, mas ainda não suspeitava do perfil ardiloso que a Janaína revelava. Pensei em esbravejar, falar em desconsideração e essas coisas que passam pela minha cabeça quando sinto que alguém está definindo coisas por mim, mas era a primeira vez que saíamos juntos e achei mais oportuno gastar a energia da noite com umas boas chacoalhadas ao som de rock brasileiro, o que se mostrou uma atitude acertada depois que a garota sentou ao meu lado e tirou da bolsa uma fita cassete gravada com o melhor do Pink Floyd e quase exigiu que fosse imediatamente colocada no toca-fitas do carro. De contrariado passei a agradecido, e fiz até um elogio ao formato da barriga da Janaína, dizendo uma bobagem que havia ouvido sobre barrigas pontudas e afiladas relacionadas ao nascimento de bebês meninos. Ao final da noite, quando apoiei a cabeça no travesseiro, constatei que a Carolina havia despertado algo diferente em mim, algo capaz de mudar o meu humor, a minha olhada e a minha interpretação do amor.

A Carolina foi afinal um ponto de virada na minha relação com as mulheres e se tornou cúmplice dos meus objetivos mais insólitos. Nós nos casaríamos três anos depois e faríamos a nossa lua de mel na Papua-Nova Guiné, um sonho antigo que ela concordou em compartilhar comigo porque tinha interesse na biologia local, em especial no campo ornitológico, e porque estava sempre aberta e disposta a novas experiências, mesmo quando conforto e segurança não eram itens garantidos. Passamos os dias naquele país de natureza exuberante alternando entre o *birdwatching*, as minhas pesquisas sobre a influência da magia negra na população local e os numerosos casos em que a consequência dessa crença resultava na queima de mulheres, tidas como bruxas, em rituais cujo sadismo e crueldade fazem a Inquisição parecer maldade infantil, e as horas seguidas misturando o suor do nosso corpo, o nosso cheiro e também o insuficiente para fazer a nossa parte na preservação da espécie.

As férias passaram depressa, abriram uma janela de bem-estar e sanidade que eu já desacreditava ser possível. Na volta, mesmo antes da chegada, à medida que o avião avançava sobre o oceano, aceitei com um pouco de relutância a reintrodução gradativa e completa das neuroses que haviam ficado na nossa terra natal. Só havia uma variável que sustentava em mim a esperança de um futuro menos opressivo: a companhia e a cumplicidade da Carolina, que me acompanharia num salto de cabeça numa piscina sem água, menos pela confiança que imagino que ela tinha em mim e mais pela confiança segura que ela tinha em si mesma.

9

O Pedro não passava bem quando o visitamos. O comportamento anormal, mas estruturado exclusivamente para o mundo criado por ele, havia extrapolado para outros planos, e o seu discurso, que flertava com o absurdo, tinha agora o *status* de demência, perdendo qualquer possibilidade remota de sentido.

O remédio força cirandas no fogo, no rastro deixado por dentes. Lenda andina, franca dissociação. Não perturbe! Vá a noroeste por essa pressa. Machado, cera de carnaúba, sustenido forjado de precaução.

Sugeriram à dona Tereza que o clima de Barbacena poderia ter valor terapêutico no tratamento, ao mesmo tempo que lhe informaram que a clínica já não dispunha de recursos para atender o estágio atual da doença do Pedro, que agora inspirava cuidados e controle mais intensos, sob o risco de ele voltar a desferir mordidas em outros internos, como ocorrera no último mês com uma recente recidiva comprometedora, quando ele dilacerou o nariz de um paciente de pouca ou quase nula mobilidade física. Não era uma dispensa formal, mas um sinal de alerta que surtiu o esperado efeito de nos mobilizar em busca de alternativas.

A Carolina não demorou em assumir a organização da viagem com o entusiasmo de quem vai a passeio, e isso me irritava por um lado, aquele que confere ao ferro o peso do ferro, e por outro amainava a força da responsabilidade, o que era bom de sentir.

Fomos a Barbacena de ônibus, opção da Carolina, que providenciou ligeira as passagens e a estadia numa pousada rural que nos hospedaria de quinta até segunda-feira, com tempo suficiente para conhecer o hospital psiquiátrico indicado pela assistência social da clínica e, conforme o estado de espírito, um relaxamento nas trilhas no entorno da pousada.

A atmosfera positiva, em grande parte por conta do jeito prestativo e envolvente da Carolina, que enxergava ganhos verdadeiros na eventual internação do Pedro em Barbacena, só durou até a sexta-feira, quando visitamos aquele estoque de pacientes meditabundos tratados com a mesma dignidade que se presta a presidiários cujos crimes atentaram para além do limite que a misericórdia humana tolera. Voltamos no sábado a pedido da Carolina, nocauteados pelo que ficaria marcado como o golpe de maior impacto em toda a nossa trajetória naquela história clínica. Eu sentia que o tempo era de mudanças, capazes de divisar um novo capítulo na biografia do Pedro, e eu estava destinado a vivenciá-las e escrevê-las em meio à adaptação da minha nova condição de casado.

10

Junto com o convite, a Clara havia deixado um aviso de que não aceitaria desculpas dessa vez. Estava preparando uma surpresa para a família no dia da última apresentação do espetáculo *O Grande Circo Místico*, no Palácio das Convenções do Anhembi.

A Clara havia se mudado para Curitiba aos dezessete anos, mas nunca esteve ausente por completo. Recebíamos cartas e telefonemas seus com frequência, e a preocupação com a gente sempre pontuava os seus diálogos. Algumas vezes eu dizia a ela que a evolução do Pedro era surpreendente e que ela ficasse tranquila que estávamos todos levando uma vida amena e feliz quando era possível. Sentíamos bastante a sua falta, sobretudo nas primeiras semanas, mas, passados alguns meses, a minha percepção mudou e ao final de um ano eu já considerava preocupante a perspectiva do seu retorno. A distância, afinal, continuaria a poupá-la das limitações familiares e do mal-estar de saber que a nossa mãe havia chegado ao limite com o álcool, numa recente e assustadora progressão que culminaria no seu afastamento das funções que exercia no banco. Eu falaria sobre esse assunto com a Clara numa conversa pessoal, na qual pudesse lhe dizer que a essa altura eu entendia a mãe, que vez por outra se apoiava na ideia dos que dizem que levar a vida a seco é sofrer no deserto. Eu apostava que a Clara, com a sua cabeça de artista, não teria dificuldade para entender esse raciocínio, que ao menos apoia a pretensão de alguma justificativa, importante para os acometidos, apesar de desprezível para quem pretende nunca sofrer das fraquezas que a humanidade impõe.

A surpresa da Clara foi mesmo admirável e nos envolveu a todos numa aura de contentamento. Naquela noite, os olhos da dona Tereza recobraram com as lágrimas um brilho singular, um sopro de esperança de raro poder rejuvenescedor. Assim, a notícia de que a Clara seria mãe foi comemorada no melhor estilo, e por providência dela própria, com a família toda reunida como nos tempos felizes da nossa infância, à exceção do pai. Pelos próximos três dias teríamos a Clara de volta em casa, dormindo no mesmo quarto e na mesma cama que havia deixado quando partiu. Haveria tempo suficiente para compartilhar passado, presente e futuro, e para constatar que aquele talvez fosse um nutriente importante para trazer de volta o viço da dona Tereza. Estávamos vendo surgir uma nova geração – primeiro com a filha do Juca Bala e da Janaína, e agora com a gestação da Clara, que reacendia chamas havia muito apagadas na nossa família.

11

A Clara havia partido. Um pesadelo recorrente perturbava as minhas noites, e a Carolina fazia questão de dizer que esses episódios estavam frequentemente acompanhados de vigorosa movimentação física e verbalização sôfrega, o que era uma novidade, já que nunca antes alguém havia relatado essa particularidade das minhas desventuras oníricas. Eu procurava identificar um acontecimento ou mesmo um período relacionado com a trama noturna que aborrecia as minhas noites e as da Carolina, que fez menção de trocar de quarto numa das noites em que ficou assustada com o que qualificou de insanidade cruel, recusando-se terminantemente a reproduzir a substância verbal do meu sonho. Optei por não forçá-la a falar porque presumia conhecer a matéria e o potencial dos desdobramentos verbais. A Carolina insistia que aquilo tudo estava relacionado com o trabalho de pesquisa que eu havia feito na Papua-Nova Guiné, mas eu sabia que aquilo não era tudo e que a busca pelo entendimento dos desvarios do Pedro talvez fosse o melhor ponto de partida, no qual a fronteira da realidade com a fantasia consiste numa linha de espessura que não comporta dois pés juntos, no qual o tempero tem o mesmo sabor do veneno e faz fluir o sangue de um corpo até convertê-lo em alimento.

Voltando alguns anos no tempo, concluo que foi um engano pensar que a Carolina me acompanharia destemida por qualquer caminho. Há uma ponte entre a fé e a razão que a Carolina, mesmo com a sua formação em ciências humanas, não estava disposta a transpor. Todo o meu esforço para entender além da matéria e do instinto primário da vida ia ruindo com o conhecimento da complexidade das sinapses e seus caminhos sulcados, que tornam a transgressão uma recorrência obsessiva. Por vezes seguia sem o juízo da censura pelos pensamentos que seriam do Pedro, e o impacto de antes já não me abalava. Sentia-me novamente só.

É cortina de ocultar ossos. Planos de cicatrizes! Embarquem em silêncio. Sejamos cúmplices! E o forno fundirá a matéria ao sentimento de culpa.

A porta do quarto se abriu, e o olhar curioso da Carolina me disse mais do que ela imaginava. Pedi a ela que se sentasse na poltrona à minha frente e que dissesse com sinceridade qual era o sentimento que tinha por mim. Que falasse das boas qualidades que eu talvez tivesse, que mostrasse onde era possível encontrar o lado bom que sei que todos possuem. Ela disse num tom distinto qualquer coisa sobre inocência e se recompôs com o convite para o jantar. Eu aceitei mesmo contrariado com a ressalva de não levar o assunto para a mesa. Então confirmei a minha suspeita de que havia mesmo algo de que a Carolina evitava falar abertamente, o que expandiu em mim uma área de suposição que abarcava tudo o que era parte de mim e, quem sabe também, tudo de que eu era parte. Não tinha apetite.

12

As cadeiras montadas em círculo na sala estavam quase todas ocupadas. Alguém fazia sinal da disposição de trocar de lugar para que sentássemos lado a lado, o que eu refutava de forma educada. Disse em voz baixa para a dona Tereza que preferia ficar a uma pequena distância e observar o comportamento do grupo. Ela concordou. A dinâmica devia começar a qualquer momento, e aquelas pessoas não deixavam transparecer minimamente os buracos nos quais certamente estavam ou eram prisioneiras. Aproveitei o tempo de espera para refletir sobre a força da fragilidade humana. A dificuldade de compreender a natureza dessa aparente contradição me remetia aos raciocínios adversativos do Pedro.

O segundo pode vislumbrar uma sombra de poder encarnado. A horda, o lampejo e o castigo que brota da língua!

A mãe foi estimulada a falar das suas dores, da sua queda e das armas que não possuía para combater o inimigo que havia se mudado para dentro dela. Interrompi os meus passeios divagatórios para ouvi-la dizer que a fuga do inevitável a colocava frente a frente com o vazio, o vácuo do qual é feito o abismo que suga com força poderosa os que resvalam com os pés a sua borda. Com pouco esforço consegui lembrar até de quando ela era criança, e uma vontade de abraçá-la e inverter a ordem dos tempos foi crescendo em mim. Agora já não era o filho, e o trovão que anunciava a tempestade que estava chegando, ouvi-o brotar de mim. Não era para eu partilhar das forças transformadoras do universo? Ser filho sendo pai sem ter gerado? Isso também passava, como tudo o que já estava no passado, feito de bons e maus registros. A catarse molhou o rosto da mãe e a situou no ponto onde a queda encontra terra firme, o piso da retomada, onde o impulso inverte as suas forças e abre espaço para o reencontro.

13

A luz da secretária eletrônica piscava. Assim que tirei os sapatos, acionei a tecla para ouvir a mensagem gravada, que dizia numa voz chiada e distante algo sobre a escavação de uma obra da prefeitura de Tabapuã, no interior paulista, e ao final um nome, um número de telefone e o pedido do meu contato. Reconheci o nome; se fosse a mesma pessoa, teria sido um colega de curso na universidade. Era noite avançada, e, sendo sem dúvida um assunto profissional, deixei a ligação para o dia seguinte. Não por mim, que não tenho essa linha divisória em relevo. Aquilo que considero trabalho segue seu curso quando adormeço, e, sem o poder de controle próprio da vigília, transcende a ordem prática e natural de qualquer atividade, misturando o íntimo com o público, o sagrado com o profano, o libidinoso com o pudico, o certo, o incerto e o errado – daí a vantagem de adormecer e acordar a qualquer hora do dia ou da noite com todo o descomedimento que a condição faculta.

A oportunidade de tanger materiais que estavam no contexto das minhas pesquisas me estimulava. Se provido de ossadas animais ou humanas, tanto melhor, me excitava.

No dia seguinte, disquei o número. No terceiro toque, a voz que ouvi não deixou dúvidas: era mesmo o Plínio, amigo da escola e agora coordenador de pesquisa e documentação de patrimônio arqueológico do IPHAN. No tempo de faculdade, havíamos estabelecido uma inabalável confiança mútua baseada numa percepção partilhada sobre a autossuficiência na matéria do viver e do morrer.

Passada a surpresa do reencontro, o que eu esperava ouvir: uma obra pública no coração da cidade e a identificação preliminar de artefatos e ossadas indígenas na escavação das fundações. Viagem combinada para a semana seguinte e a expectativa de mergulhar numa história de cem, duzentos ou quem sabe ainda mais anos.

Ao primeiro contato com a escavação, o miasma me dizia algo sobre tragédia, morte praticada. Aprendi a ler na cerâmica e nos ossos emoções que contam mais do que a história quer registrar. O maxilar inferior da anta, feito ferramenta, penetra no crânio do índio e causa morte repentina. Esse é o primeiro passo, o ponto de convergência no qual a violência risca uma cruz que abre para outras três pernas de hostilidade. O tempo era curto, as lentes embaçavam com a umidade quente, que formava um barro pesado a grudar nas botas uma terra de milhões de anos.

Era noite, tínhamos que apagar as luzes, deixar o silêncio invadir o nosso posto de trabalho e distrair a nossa cabeça com o presente e com os ordinários eventos cotidianos que não diziam mais do que o insuportável trivial que consome minuto a minuto todo o tempo da nossa existência.

14

Desde a última intercorrência considerada grave e preocupante pela coordenadoria e pela equipe médica da clínica, quando o Pedro dilacerou o nariz do colega que já estava em condições precárias de saúde e viria a falecer cinco meses depois, nada mais sinalizava aquela iminente necessidade de removê-lo para outra casa de tratamento dotada de recursos mais condizentes com a evolução do seu quadro, de acordo com a avaliação do corpo clínico da instituição.

O episódio de Barbacena nos havia chocado, e tínhamos a esperança de que nenhuma outra ocorrência daquela natureza se repetisse, o que poderia fazer ressurgir a necessidade de retomar aquele assunto angustiante.

Sabíamos, pela observação e pelo histórico, da evolução deteriorante da condição do Pedro e do nosso engano em apostar na sua estabilidade. Então, quando fomos informados do seu sumiço e da constatação da clínica de que ele havia fugido na madrugada daquele dia, entre quatro e seis da manhã, retomamos o pesadelo temporariamente adormecido sem o costumeiro drama dos episódios anteriores. A considerar a explanação do assistente social da clínica, a escapada do Pedro havia sido premeditada e minimamente preparada, do contrário a dificuldade de acessar a área externa do prédio, e num segundo estágio a rua, deixaria pouca chance de sucesso ao improviso.

Isso pode ser entendido como um dado positivo, eu idealizava enquanto ele nos relatava o ocorrido. É a prova incontestável de que ele continua a alternar períodos de discernimento com os de desatino, mesmo que essa constatação não mude nada na situação que se apresenta, eu argumentava. O fato concreto é que o Pedro desaparecera e nenhuma justificativa aliviava a responsabilidade de tomar as decisões para encontrá-lo e trazê-lo de volta, o que implicava, entre outras inconveniências, envolver a polícia e deparar com o descaso e a ineficiência aborrecedora conhecida de quem teve a infeliz necessidade de interagir com esse organismo público.

Nos dezoito dias seguintes, a sequência dos fatos iria confirmar as minhas expectativas iniciais, e a conclusão positiva na resolução do caso se daria decisivamente pelo envolvimento involuntário da mídia, que fez uma reportagem sobre o misterioso desaparecimento de um jovem componente de um grupo de cinco rapazes com idades entre dezesseis e vinte e sete anos que havia acampado num sítio abandonado nas bordas da mata, próximo de onde o Pedro tinha improvisado há cerca de duas semanas uma espécie de moradia, conforme era possível concluir a partir da observação dos objetos, dos alimentos e sobretudo dos resíduos presentes no local. O Pedro foi ouvido.

Plano e fuga ao comando do general em exercício! Doze soldados abatidos numa nuvem de asas e água que cai tingida de folhas. Abram espaço! Vou lhes mostrar o rastilho de pólvora.

Constatado o seu desvario, ele foi arrolado como um dos suspeitos do desaparecimento do rapaz e liberado para ser levado de volta à clínica. Agora, parte daquilo que era matéria das elucubrações do Pedro ganhava contornos de realidade, ao menos aquelas confabulações que envolviam armas, fardas e crimes enigmáticos. O Pedro estava por fim vivenciando uma realidade alinhada com a expressão de uma vida inteira de conjecturas delirantes.

Segunda parte

"A busca da sanidade pode ser
uma forma de loucura."
Saul Bellow

1

Não há cura possível para as doenças da alma, o remédio definitivo cabe à serventia da morte, com a sua eficiência antisséptica, que elimina, seca, anula, aborta, extingue, recicla e devolve ao planeta apenas uma pequena porção de matéria orgânica que se funde com o solo para fazer brotar de jequitibás a ervas daninhas. As ambições, os quereres, as dores, os medos, os planos suicidas evaporam e caem em gotas num oceano de suavidade onde cedem mansamente os seus significados. E nessa espiral eterna a morte é segura, confiável, resolutiva – um precioso recurso.

A porta do quarto entreaberta e a rara oportunidade de observar o Pedro entregue aos afazeres do seu mundo exclusivo. Parei, contive o impulso de abri-la, roubei dois ou três minutos daquela ocasional privacidade para amarrar mais um ponto no tecido da certeza, que uma vez costurado será o traje da convicção no dia da resolução final.

A força sinistra alveja o combatente! Vestes esvoaçantes recolhem fisionomias. Um grito que fixa um código com estrias de veias na pele!

Um arrepio percorreu o meu corpo e se instalou pronunciadamente nos braços, renovando as minhas coragens. Abracei meu irmão e beijei-lhe a fronte antes de deixá-lo prosseguir *ad libitum* na sua ruminação inconclusiva. Tinha uma tarde que me esperava do outro lado da cidade e três dúzias de crianças curiosas que me fariam contar histórias sobre os jesuítas e a inocência do índio nativo, que desconhecia as dádivas do céu e os perigos do inferno. Segui pelo corredor preenchendo lacunas de silêncio com passadas firmes e sapatos que ignoravam a diferença entre a saída e a fuga.

2

O prazo veio como uma sentença: mais dois meses de internação, sem recursos ou pedidos de prorrogação. O alienista responsável era dessa vez cortês e diplomático. Teve o cuidado de propor uma conversa reservada com exclusividade para aquele assunto e conduziu-a com argumentos irrefutáveis, baseados nas mudanças da política de saúde mental instrumentada pelo Ministério da Saúde, que, entre outras regras, regulamentava novos critérios para as internações e os seus respectivos tempos de duração.

O melhor seria agir e tomar uma decisão o mais breve possível, e eu estava decidido a fazê-lo dessa vez sem a participação da Carolina, que mostrava envolvimento emocional com a doença do Pedro muito acima do aceitável para quem pretende lidar com a senhora esquizofrenia sem ceder ao seu abraço labiríntico. Por outro lado, a sugestão que ela havia dado quando fomos a Barbacena, de assumirmos os cuidados do Pedro, já não mais me parecia ruim. Talvez uma casa num local tranquilo pudesse ser mesmo uma boa opção; afinal, quando o Pedro fugiu da clínica, procurou uma paisagem bucólica. Havia dúvida se as crises seriam minimamente suportáveis no ambiente familiar, ainda que pudéssemos contratar algum profissional para ajudar no cuidado, ao menos por um período do dia. Essa era uma decisão a ser pensada, refletida e tomada de forma consensual.

O tempo era curto, algo para uma reunião de família. Avisei a tia Rosana, que, depois das crises da dona Tereza, deixara clara a sua disposição de participar mais ativamente dos nossos embates. Com ela veio também o Juca Bala, que trouxe de volta aquela ideia de aproveitar as concepções disparatadas do Pedro num curta-metragem com foco na paranoia criativa de personagens de relevo no mundo das artes. Arthur Bispo do Rosário, Virginia Woolf, Lima Barreto e Yayoi Kusama estavam entre os nomes que o Juca citava com um entusiasmo que me contagiava.

Estaria eu perdendo o senso crítico, que era uma marca forte da minha personalidade, ou a expressão da flexibilidade, da tolerância e da passividade estavam afrouxando as convicções que eu havia colecionado ao longo da vida?

Combinamos que a experiência seria colocada em prática no sítio da tia Rosana. A dona Tereza se mudaria para lá, e as visitas familiares seriam frequentes, contando ainda com as "sessões de trabalho" a cargo do Juca Bala. Em tese, um bom arranjo, capaz de trazer o Pedro de volta à convivência familiar e de fortalecer a solidariedade e a cumplicidade na nossa estirpe. Os resultados práticos ficariam para ser vivenciados e ajustados na condição apropriada para o momento. Estávamos afinados e direcionados para um fim comum: neutralizar tensões, harmonizar a vida e deixá-la seguir o seu curso, com seus vales, planaltos e picos. Com a sua variedade excitante, aborrecedora, cruel e bondosa. Amável, execrável.

3

Insônia, vigília, sono – pesadelo de menino, onde voa um tracajá-pombo que ameaça roubar nome, beber alma, um mamaé ruim que habita o fundo lodoso de um lago escuro, como havia ensinado um pajé xamanista numa das viagens de estudo que fiz. A voz rouca da Carolina me acorda e o temor fica na floresta, de onde trago o orvalho das folhas que molham o travesseiro. No relógio da cabeceira os ponteiros parecem assustados a marcar três e quarenta e cinco, e um caminhão de lixo mastiga na rua as sobras dos nossos dias enfadonhos. A Carolina um dia me perdoa! Quisera eu ter sonhos bons, de bicho anjo a me entregar confortos. Adormeço. De volta à floresta, dois olhos vermelhos espreitam de longe o corpo defunto de um índio, com a zarabatana, o arco e a flecha ao lado do corpo ainda a protegê-lo. É mamaé ruim, de outros tempos, os da infância, reconheço pela malevolência oculta no arco e flecha. Ao fundo, um murmúrio choroso vai somando vozes numa prece de resgate que se avoluma e, no ápice, estanca num grito apavorante.

Atravessem a ponte! Golpeiem com lâminas afiadas os cães com mandíbulas de morder calcanhares!

Acordo. Preciso não dormir e não ter que abraçar a ossada de um corpo decomposto e tirar da sepultura as memórias perversas que ficaram por anos sob uma camada de terra insuficiente para mantê-las isoladas do meu mundo. Esfrego os olhos numa tentativa inútil de enganar o cansaço que me empurra de volta para a cama, onde esse e outros embates continuarão numa peleja incansável, que mistura os conflitos armados do Pedro, seus soldados e generais, com os guerreiros e maus espíritos da mitologia indígena. Histórias distintas em mundos diversos, conflagrações que usam de forma oportunista os meus temores e os sobrepõem aos desvarios do Pedro. Que me fazem pagar por mim e por ele um preço para além da minha resistência. Sinto esvaírem-se as minhas forças de combate, e os meus planos de enfrentamento e de poder resolutivo são frutas verdes que ainda não devem ser mordidas.

4

A mudança de ares foi providencial à dona Tereza, que agora se ocupa em boa parte do tempo com manter a horta verde e limpa, aproveitando o sol, que gradativamente pinta a sua tez de saúde. Quero saber como ela está se sentindo e ela diz que a terra é generosa, que a faz acreditar que o resumo da vida está numa semente que brota. Concordo: o resumo da vida está mesmo numa semente que brota. É mais um código para sumarizar o flagelo da existência e fazer esquecer que cuidamos de um corpo destinado ao apodrecimento ou, na melhor das hipóteses, ao fogo, penso sem dizer palavra.

Uma mariposa entra pelo vão da janela, se debate em voos incertos e sela o próprio destino num jarro d'água repousado sobre a mesa. A mesma água sagrada que suporta a vida por tempo tão incerto quanto fugaz. Encerro o turno do dia para despertar dentro da trama de um castigo noturno que não falha há anos.

É noite, a lua nos espia por cima das árvores e joga luz na presa que vamos abater. Estou de volta à floresta, há veneno nas nossas armas. Quatro pés caminham à minha frente e conduzem nativos que trocam sussurros numa língua indígena que não identifico, mas entendo. Um sopro forte, galhos tensos que chacoalham e um primata que despenca para chegar ao solo como uma grande fruta madura. É recolhido com cerimônia e uma prece de respeito. A lua, que a tudo assiste, continua a iluminar o nosso caminho, e os quatro pés que andam à minha frente agora se apressam em direção à aldeia, onde ensinarei a tirar todo o couro do animal abatido a partir de uma única e pequena incisão na sua axila direita. Sei que ninguém me enxerga, nem mesmo eu me enxergo. Na dúvida, olho para as minhas mãos, mas não as vejo. Sei que pertenço ao outro mundo, aquele onde um travesseiro apoia a minha cabeça, mas não estou totalmente seguro. Sou um pacote de incertezas transitando entre o subconsciente e uma realidade que, para ser razoável, não tenho clareza se é tão real.

A Carolina persiste na ideia de que preciso de tratamento. Refuto. Toda a humanidade precisa de tratamento, o que faz do tratamento objeto de adesão facultativa, e argumento: qual a eficácia do tratamento do Pedro? Não obtenho resposta, só um silêncio, que aproveito como um reforço da ideia de que somos todos pacientes. Incuráveis.

5

Surpreendo-me quando me dou conta de que não tenho me ocupado com o Pedro com a mesma intensidade de antes. Agora ele tem a mãe próxima e as visitas eventuais da tia Rosana, tem o Fabrício, que ajuda nos dias de semana, e tem ainda o Juca Bala, com toda a sua disposição em contar histórias filmadas e mostrar as verdades que ele inventa. Assim, tenho mais tempo para assimilar as minúcias do plano de libertamento e as suas implicações nos futuros movimentos das tropas de combate, que agirão impulsionadas pela força de uma ação conhecida no regimento como manobra de dispersão concentrada, uma dicotomia que ao final fecha redonda, como um cerco esquemático bem desenhado numa prancha em mesa de campanha. As dúvidas são variáveis importantes que merecem cuidado no jogo.

Como será que o Pedro assimilou a recente mudança? Preciso dizer a ele que eu também quero mudar e que não vou deixá-lo sozinho na sua batalha final, mas sinto um movimento conspiratório no ar, um palpite de que estão boicotando os meus encontros com o Pedro. Tenho uma vantagem: ouço vozes que me orientam, e a instrução é para que eu fique atento aos movimentos da Carolina. Ela é um outro tipo de guerreira, que inspira muito cuidado. É mais uma frente de batalha que se anuncia, e não é prudente descuidar do poder centralizado que pode se dispersar em outras linhas de combate.

Ouvidos atentos! Mentes confinadas na ideia de poder sobre o conflito entre o bem e o mal, que persistem na imagem sagrada da inocência.

O meu raciocínio é interrompido pelo característico som do motor do carro do Juca, que confirma o encontro que teremos no sítio da família. É uma viagem curta, suficiente apenas para entender que o casamento dele não está nos melhores dias, que o Juquinha há semanas não manda notícias da Austrália – país que escolheu para a conclusão dos estudos de biologia marinha – e que o rancor furta a voz da Janaína e a deixa com uma expressão de quem vai colocar o Juca Bala à prova. Espero entediado a chegada, para não deslizar no risco de interferir de alguma forma no aparente conflito do casal. Os meus reveses com a Carolina me bastam. Agora já aceitei a ideia de que é real a possibilidade de eu estar compartilhando os meus segredos de combate com um poder oponente articulado. Estou desperto, vigilante, movimentos cautelosos, como um felino furtivo na sombra da noite.

6

O cortador de grama subjuga os bons fragmentos do meu sono. É inverno e o dia terá poucas horas para secar o orvalho da manhã. Onde está a Carolina? O Juca Bala não responde, se interessa apenas por respostas. A mesa posta não convida, com suas migalhas e xícaras marcadas por bocas que já anseiam pelo almoço. Percebo que estou vestido numa roupa que não é minha, isso me revolta. O que fizeram com os meus cadernos, as minhas anotações? Não obtenho respostas. Que tal trabalharmos um pouco?, o Juca Bala diz com naturalidade, sentando à minha frente como se eu fosse uma espécie de Sherazade. Falo qualquer coisa dos pesadelos que tive e ele diz que tenho que procurar entender melhor a problemática do Pedro. A Carolina entra pela porta, coloca os meus cadernos sobre a mesa e afirma que tudo vai ficar bem. Um ar conspiratório balança de leve a cortina; uma tábula de mil peças perdidas precisa ser montada e serei eu a juntar todos os segredos, desvendar os caminhos que levam às boas chaves. Disfarço, entro na trama com a vantagem de saber que o jogo está em curso sem que ainda percebam que tenho o poder de intuir o que está por trás de toda aquela encenação.

Vá, alcance com as mãos os segredos do oponente e tudo lhe será revelado pelos olhos da astúcia, que sobrevoa as mentes poderosas e dominam os planos confabulatórios!

Ele insiste em saber mais dos pesadelos, se levanta, encosta a porta, numa insinuação de privacidade que aprovo. Na minha memória os acontecimentos da noite ainda estão vívidos: o ser de olhos vermelhos da floresta salta da escuridão na minha direção. O temor não tem dessa vez o poder de me acordar, e o espectro projetado pelo clarão da lua encrava impiedosamente as garras na minha garganta, a me sufocar. A impossibilidade de um grito aguça os meus sentidos, que assimilam uma história de milhares de páginas sem nenhuma palavra no tempo de um susto: uma divisão de inteligência das forças armadas munida de ambição humana, equipada de tecnologia e audácia, captura a morte em toda a sua extensão e a confina num ambiente controlado por uma máquina que é transportada e sepultada numa estrutura de chumbo a mil e trezentos metros de profundidade, na Índia.

O Juca pergunta por que precisamente na Índia. Respondo que não estou contando uma história inventada e não sei nada dos comos ou porquês.

No quadro seguinte, decorrido tempo suficiente para a superpovoação da terra, o pesadelo revela o seu ápice e a sua função aterradora. O planeta exaurido não produz mais alimentos, nos mares a extinção é absoluta e uma forma de canibalismo inspirada em modelos de povos primitivos é instituída como recurso para reciclar corpos e alimentar a superpopulação.

O Juca interrompe mais uma vez e quer saber se os corpos devorados perdem a vida. Não perdem, afirmo com uma autoridade que dessa vez me surpreende: a morte está contida. Outra estrutura, mais ampla, é instalada a trezentos metros de altura numa região de divisa entre a Finlândia e a Suécia, e um programa cibernético de captura de vidas é o artifício criado para substituir o trabalho da morte. O poder armado agora controla a vida e a morte, a finitude se tornou um sonho sepultado, um desejo maior que a própria sobrevivência.

Duas batidas na porta e o convite para o almoço quebram a nossa privacidade. O Juca quer ouvir a continuação do pesadelo, digo a ele que contarei em outra oportunidade. Ele me faz prometer que anotarei a sequência para não esquecê-la e me entrega o caderno de capa vermelha que a Carolina andou bisbilhotando. Concordo, um tanto contrariado. Ainda não me disseram por que estou vestido numa roupa que não reconheço.

7

Fico aliviado e ao mesmo tempo desolado por rever o Pedro, que, sentado à minha frente, me olha perdido, como se não tivéssemos um passado em comum. Faço perguntas que ficam pairando no ar até serem respondidas por alguém que as adota para si. Outro alguém diz que há algum tempo o Pedro não demonstra nenhuma disposição em falar, ainda que disparates, apenas balbucia rumores incompreensíveis, e que há dúvidas de que reconheça todas as pessoas com quem interage. Um notável avanço das tropas inimigas. Um sinal de que o tempo da deliberação final está próximo, constato – mais por intuição do que compreensão.

Nós que desatam e deixam almas livres do dever de alimentarem a matéria. Consciência que flui orientada para a deposição das armas e o despimento completo dos uniformes de guerra.

A mãe interrompe o silêncio para dizer que está feliz por ter o filho novamente em casa. Com os olhos molhados, suas palavras emocionadas não surtem o menor efeito no semblante indiferente do Pedro, que pode estar em muitos lugares longe de casa. O gato, com a sua flexibilidade, alheio aos empurrões, aproveita para roçar a fartura de pernas concentradas embaixo da mesa, antes da quase certa dispersão, que deixará fracassados e enfraquecidos frente a frente com os seus dilemas. Talvez seja a minha oportunidade de dizer ao Pedro que tenho um plano de resgate aprovado pelo general no comando e que a sua libertação é parte de uma estratégia de ação conclusiva, com poder de definir novos contornos para o futuro, no qual ele poderá transitar livre pelo passado e recriar na sua porção imortal uma nova história para um Pedro mais bem acabado, quem sabe pacificador.

Faz frio, a tarde escurecida pelo cinza invernal deixa melancólica a reprodução dos *Girassóis* do Van Gogh pendurada na parede. O Pedro parece mesmo fora de combate, o seu sorriso torto não remete a mais nada, não é mais do que um cacoete físico sem sentido ou função. O Pedro guerreiro entregou as armas.

8

A noite cobre o céu com sua manta escura salpicada de estrelas longínquas, e um silêncio incômodo vai aos poucos invadindo os ambientes. Reluto em apagar a luz amarela e frágil do abajur. Protelo o sono o quanto posso até os olhos se fecharem sem eu me dar conta. Acordo sentado na frente de uma fogueira, com oito índios em círculo ouvindo atentos as instruções de como desmembrar, levar ao fogo e servir o inimigo capturado no combate do dia anterior. Os seus órgãos serão assados e dispostos sobre folhas de bananeira, toda a sua carne consumida, e os seus ossos moídos em pilão até virarem pó para ser misturado ao mel. As palavras fluem da minha língua com a convicção dos ungidos e a sabedoria de um ancião que transmite o conhecimento sagrado da cultura de um povo ancestral. Quem sou eu afinal? Acordo com a interrogação suspensa no escuro da noite e a urgência de olhar para o espelho para ver quem encontro.

Observe! Enxergue com os olhos da alma o que as vistas não alcançam. Livre-se das insígnias e assuma sem resistência a personalidade primitiva!

O amanhecer ainda vai demorar, o silêncio é temperado pelo tritinar de grilos e o uivo distante de um cão. O que estarão fazendo os que dormem profundamente é uma curiosidade antiga. As respostas que tive nunca chegaram perto daquilo que eu desejava ouvir. Estou assimilando a ideia de que dormir e sonhar é o ensejo para mergulharmos na natureza essencial daquilo que seríamos se não fosse o pacote de regras que exigem, desde o berço, que sejamos o mais próximo daquilo a que fomos, por manipulação e interesses alheios, destinados.

Apanho na cabeceira o meu caderno de anotações, onde encontro palavras e frases inteiras sublinhadas com uma tinta verde que presumo ter saído da caneta da Carolina. Para onde foi a Carolina? O Juca quer que eu acredite que ela não vai mais voltar. Caminho até o quarto da Carolina, abro a porta sem bater e encontro uma cama arrumada e o armário vazio. Algumas vezes é melhor acreditar nas verdades que o Juca inventa.

A casa dorme em silêncio, e os que me devem explicações parecem fingir de olhos fechados que não sabem da trama montada pela Carolina para enfraquecer a minha influência junto ao poder superior de combate. Afasto a cortina. O vidro da janela, espelhado pelo escuro da noite, reflete um rosto que me assusta na primeira olhada. Tenho quatro horas inteiras antes que as luzes do sol venham revelar os fatos cujos segredos ficarão guardados nas intransponíveis paredes negras da escuridão.

9

O Juca acorda cedo e mesmo antes do café insiste em saber a sequência do pesadelo, o que me faz retomar a agonia daquele estrangulamento que estava tirando a minha vida. Digo a ele que as palavras são sempre insuficientes, desajustadas e vazias de sentido para descrever o que fica registrado no tempo de um mísero segundo de um pesadelo. Ele persiste. Os detalhes na minha memória ainda não foram corrompidos pelo esquecimento: estou sufocando, nos últimos suspiros. Um abalo sísmico na Índia, a movimentação da placa tectônica abre fissuras na estrutura de chumbo, e a morte escapa voraz. A vida de catorze milhões de pessoas é ceifada nas primeiras vinte e quatro horas. É o fim dos tempos para quem vive encarnado. Em poucas horas só restarão as vidas capturadas e contidas pelo programa instalado na cidade de Pajala. O fim do ciclo orgânico da humanidade está próximo e a batalha, equilibrada entre as duas mais relevantes forças opostas, não terá dessa vez a fragilidade física que sucumbe e confere vitória ao poder contrário no primeiro pulso de enfrentamento.

Consciência viva que prescinde de água e alimento e que mantém isolada toda a dor do sofrimento.

O Fabrício entra abruptamente e, numa gesticulação tensa, diz que o Pedro não respira, está frio e sem pulsação. A sua pele clara, vestida de roupa branca sob a claridade alaranjada do sol nascente projetado através do vitral da sala contrasta com o lúgubre teor da notícia que traz.

Armas que silenciam, soldados que reassumem formas estáticas, um exército inteiro que recua às posições lúdicas do passado.

Uma comoção confusa paralisa os meus músculos, que resistem à reação natural de seguir a todos os que tomam o caminho do quarto do Pedro para ver com os próprios olhos o ponto final que precede a primeira palavra de uma história que continuará se desenvolvendo em mim para o tempo de uma saúde comprometida ou de uma doença degenerativa. Vejo pela janela a Carolina, que passa por duas vezes em trajes negros distintos e longos cabelos prateados, e se senta no banco do jardim no meu campo de visão, trazendo à mão um pergaminho enrolado. Envelheci décadas nos últimos dez anos.

10

O emaranhado de vozes em sussurros e a movimentação fleumática se fundem numa única imagem, de pinceladas impressionistas, na qual as cores renunciam às suas forças vivazes para se igualar numa tonalidade lamentativa e difusa. Um abraço terno da mãe é força positiva contrastante que traz mais uma vez a boa sensação de estar indefeso sob a proteção de um amor incondicional, que nasce na fonte ímpar dos sentimentos maternos. Tudo mais parece brotar do plano rasteiro que a existência empurra, impositiva, se autorrealizando à revelia de tudo e de todos. Alguém diz de forma marcante que há um olho acima do mundo, o que me leva de volta à cena do gato resvalando pernas embaixo da mesa e ao sorriso desgrenhado e constante do Pedro quando todos ainda pensavam que ele vivia. Um fluxo intenso de reflexões e ideias duvidosas vai sendo arrastado pelo vento para formar nuvens que choverão quiçá certezas, enquanto a tarde nebulosa enfraquece ainda mais o indeciso sol de maio. O ar viciado do ambiente sugere com um odor nauseante que a porta é boa passagem para quem não teme o jardim, com seus bancos ocupados por gente curiosa e por uma Carolina que traz no olhar adagas com gumes afiados e talvez uma sentença julgada e registrada em ofício. Ou era sonho quando levantei o rosto e a Carolina me fitava de fora com olhar inquisitivo e um reflexo prateado nos cabelos escorridos?

Onde olhos agora lágrimas, que pingam também do olho que disseram existir no céu, para renovar certezas e garantir os ciclos que começam úmidos para terminarem quase sempre na mesma implacável aridez estéril. O ar abafado e irrespirável da sala atordoa os meus ânimos. Caminho para fora, e a minha consciência me acompanha apenas até a porta da saída, quando o hálito fresco do jardim apaga os meus sentidos. Escuto vozes longínquas de um lado distante no mundo, dizendo em tom de segredo palavras cujos sentidos podem estar vinculados aos delírios emudecidos do Pedro, depois que ele transcendeu a existência humana.

Na mata silenciosa, almas adormecidas aguardam sob raízes de grandes árvores o chamado que as farão subir com a seiva pelo tronco para reencontrar a luz do mundo.

11

Abro os olhos, estou só. Desconfio da existência material da cortina estampada de palmeira do lado direito da cama. A cadeira no canto, o cheiro impessoal da coberta... a incerteza de ter acordado de um sono ou num sonho diferente, sem florestas, índios ou pelotões do exército. Concentro-me nos ouvidos, e os motores, as buzinas e as vozes confirmam que existe uma cidade que pulsa lá fora. Oscilo ao despertar e tateio a cabeceira de ferro frio da cama procurando por um botão que pode ser o melhor recurso para eu retomar, pelo conhecimento de terceiros, a consciência da minha condição.

Sento na cama, a cabeça bamboleia, e uma fisgada no antebraço esquerdo denuncia o acesso grudado na minha veia. Estou doente, hospitalizado? Estou, paciente paramentado. A enfermeira abre a porta do quarto. Ela traz uma bandeja metálica suprida de seringas, mangueiras, esparadrapos e ampolas. Sem uma única palavra do meu interesse, vai dizendo que preciso ficar deitado para receber mais um frasco de soro e os medicamentos da tarde. Não há mais dúvidas de que estou mesmo doente. A enfermeira sai apressada e deixa um histórico falado que preciso organizar na cabeça para interpretar as circunstâncias das ocorrências dos últimos tempos.

A porta se abre de novo, e o anseio pelo discernimento cede à emoção de rever a Clara e a filha crescida, que entram com sorrisos raros e um perfume que me traz à mente a Clara dos tempos de menina e aquele seu comportamento autônomo que despertava no pai um ímpeto protecionista injustificável quando observado pela distância do tempo, que era combustível de inúmeras discussões reveladoras da personalidade racional e determinada da jovem. A sua forma de resolver conflitos e a liberdade de seguir o seu caminho a levaram, afinal, a experiências de vida mais alinhadas com a ideia de sorte, sucesso e, para muitos, felicidade. Alguém que não aceitou os limites de uma realidade que se apresentava como singular e necessária, o que remete à boa impressão de que nem tudo se perdeu com as chacoalhadas marcadas no compasso da nossa história.

12

A vida tem asas incendiárias e, em certo contexto, uma luz que dura o tempo do percurso de uma estrela cadente. Nas recordações, toda a infância parece entrar na duração de um picolé, e, na juventude, pernas saudáveis correm atrapalhadas para encontrar as primeiras rugas que prenunciam o início de um tipo de decadência que, em alguns casos, pode chegar às raias do desespero na proporção da longevidade. A quem dirigir a matéria das aflições e falar das feridas abertas na nossa história?

As interrogações, com seu formato de gancho, parecem, com o passar do tempo, designadas ao agrupamento nas paredes internas da minha cabeça. Dois minutos mais, dez anos ou a mitológica eternidade, o que importa? Mais algumas poucas ou muitas noites insones estragadas pelo tempero exagerado e onipresente dos maus sonhos e o inevitável confronto com o ameaçador balanço dos acertos e dos erros, dos crimes cometidos e das punições sofridas, da generosidade escassa, sintetizados num amálgama manuseado por juízes incorruptíveis e queimado num forno de inferno para depurar e confirmar o que foi soprado insistentemente nas orelhas da criança, do jovem, e que continua fazendo eco no ouvido do novo velho, que envelhece em progressão geométrica.

A cabeça acumulou um universo e agora se ocupa involuntariamente em forçar uma explosão, na qual tudo se agiganta na proporção de uma saúva transmutada no corpo de um mamute, na qual janelas de altos edifícios são exitosas no cruel aliciamento que encerra histórias com grandes tragédias molhadas de sangue.

E depois, bater grandes e poderosas asas, e ousar provar liberdade de pássaros.

O médico insinuou há algumas horas que os efeitos colaterais do tratamento seriam um grande desafio para os próximos dias, mas não falou nada sobre uma cabeça amplificadora, que paga duzentos por uma nota de dois. Surto psicótico... um binômio com a anatomia perfeita de um nó em oito, instalado na garganta depois que o clínico olhou nos meus olhos e disparou projéteis em formato de palavras, que abriram no meu peito buracos maiores do que os seus significados. Todavia, já assimilei a síntese. Juntando o relato da enfermeira, os dizeres da Clara e o arbitramento do médico, soube que antes de apagar, na saída para o jardim, alguém dentro de mim bradou, efusivo, em protesto contra a presença da Carolina e da sua postura acusatória. Um intelecto psicotizando é algo que amedronta mais do que um psicótico inteligenciando.

13

Um impasse abriu uma gaveta profunda de julgamentos que tem ocupado todo o tempo enquanto não durmo. Posso acreditar na Clara, no Juca Bala e em mais gente cuja opinião não me interessa, que afirmam que não havia Carolina no jardim naquele dia marcado pelo fim do confronto e das batalhas que não ficaram confinadas exclusivamente na cabeça do Pedro? Ou devo acreditar no meu discernimento, nos meus olhos e sensores, que viram, analisaram e sentiram a Carolina e toda a sua pretensão acusatória de crimes que ela supõe que cometi? Sinto falta de um bom espelho neste quarto de hospital, em que eu possa ver mais do que o meu rosto, ver o meu corpo inteiro dando provas de que eu sou eu mesmo, agora doente, e que tudo mais, incluindo a trama acontecida quando o Pedro escapou da clínica e ficou dezoito dias naquela moradia improvisada na borda da mata, foram propósitos do intelecto de um coronel fardado que estava em serviço, com ordens expressas e deveres a cumprir.

Desde aquela época, juntei aos meus vícios a fixação por espelhos e pelo poder do espelho quando produz em mim a certeza na identificação de quem realmente se abriga na imagem refletida e enquadrada nas molduras, que, com suas peças de madeira, insinuam limites e algum poder de controle. Em meio às incertezas, imagens aleatórias me surpreendem e surgem com espontaneidade nos espaços que deveriam ser ocupados apenas por minhas lembranças. Procuro não fixá-las, e uma desconfiança defensiva me desencoraja de pensá-las dentro de uma ordem ou sequência. Será possível que certo grau de comprometimento psicológico permita o acesso a memórias alheias? Observo de relance o gotejamento compassado e incansável que flui para as minhas veias, e uma ideia aparentemente ridícula surge do nada para somar mais um gancho no pacote de interrogações penduradas no meu crânio: terão aquelas gotas em cadência o poder de transmutar ideias? Apagar lembranças? Um pensamento me faz atinar que o Pedro não tem sido uma recordação recorrente e que parece haver um buraco onde os sentimentos em relação a ele pulsavam. Agora me dou conta de que a Clara não fez nenhuma referência ao Pedro e de que não havia sequer o menor indício de pesar no seu semblante. Alcanço a caneta e uma folha de papel em branco na cabeceira para anotar algumas possibilidades, antes que elas se percam ou se misturem ao sono constante que as drogas induzem:

"Estou apagando involuntariamente dados e nuances sobre fatos que me abarcam; os efeitos colaterais alertados pelo médico incluem insensibilidade e certo grau de distanciamento da realidade quando ela traz consigo algo de amargo; há um esforço de conjunto para me poupar dos sentimentos e da necessidade de enfrentamento da situação que se apresenta; essa confusão é parte de uma 'melhora' que ocorre tanto de fora para dentro como de dentro para fora, e que poderá culminar em mim numa implosão silenciosa, benéfica para o mundo exterior".

Haverá outras tantas possibilidades, mas o certo é que há alguém além de mim interferindo no meu destino, e talvez eu também esteja me apropriando ou interagindo com parte da biografia de outrem. Preciso saber como está evoluindo o trabalho do

Juca Bala e quais são as verdades que ele pode inventar para dar sentido aos últimos incidentes, que me colocaram neste lamaçal de dúvidas.

14

Nesta noite não preciso temer a hipótese de me perder em sonho na floresta ou em qualquer outra parte da Índia. Estou ligado a um tubo de medicamentos que, por sua natureza alopática prostrativa e pela reação do meu organismo nos últimos dias, dá uma ponta de certeza de que estarei aqui mesmo quando a cabeça tentar me induzir a sentir que sou parte daquela outra dimensão, em que o tempo e a lógica têm tanto sentido quanto uma revoada migratória de hipopótamos africanos.

Há agora um escudo que me protege, que desce num gotejamento cronometrado e alcança as minhas veias com o inclusivo propósito de desmontar os cenários e esculhambar os personagens que teimam em fazer do meu sono o teatro da sua existência irreal. O tratamento é intenso, substâncias são com frequência injetadas no tubo de soro para controlar diabetes, para combater uma hipertensão recém-descoberta e também para equilibrar a arritmia que me levou ao chão pela primeira vez há oito dias, quando a Carolina ou a "Carolina da minha cabeça", na ideia da Clara, do Juca Bala e também do médico, destemperou de uma só vez o físico e o psicológico, que fazem juntos, de mim, a pessoa desajustada que sou. Na avaliação do dr. Otaviano, Otaviano da Veiga se não estou enganado, com o tratamento e o passar do tempo, não muito tempo, poderei voltar ao trabalho e à minha vida normal, o que foi confirmado pelo Juca Bala, que estava presente no momento em que o médico fazia a visita diária.

O que ele quer dizer quando fala em vida normal? Penso também nas razões que me levam a confiar no Juca Bala e sei que elas não se apoiam apenas no campo da racionalidade. Então, quando ele afirma que sou um psicótico funcional e que ando por vias da loucura, não perco a oportunidade de alfinetá-lo e dizer o que penso sobre a sua normalidade, com sua parcela de ideias emprestadas, mastigadas e preconceituosas.

Foi numa dessas conversas francas que falei da minha determinação em trabalhar no exercício de filtrar e separar, pelo processo de pensar e repensar, o real da fantasia, e do propósito de registrar a matéria dessas memórias. O Juca acha que as verdades, as ilusões e as mentiras são água do mesmo manancial, e que ruminar pensamentos é inútil e menos frutuoso que mergulhar intrépido na ficção, o que só fez reforçar a antiga confiança que tenho nele, que se esforça, mesmo com seu bocado de desvario, para entender como pode se tornar desnorteado alguém que perde a calibragem do peso e das medidas para lidar com o bem e o mal que há em tudo, ou em quase tudo. Amanhã completo cinquenta e três anos.

Terceira parte

"Às vezes a resposta apropriada para a realidade é se tornar insano."

Philip K. Dick

1

Como eu dizia, a observação da relevância dos pequenos sinais tem o poder de conduzir a encadeamentos reveladores. É, numa comparação simplista, como quando o dr. Da Veiga chega ao diagnóstico de uma doença grave partindo de uma pequena e discreta mudança no timbre da voz do paciente, ou quando o Juca Bala diz com segurança que os pontos de interrogação pendurados na minha cabeça são efeitos do esforço da mente de subverter a lógica das pseudoverdades que sabotam o bom andamento do meu trabalho, concluindo ao final que tudo é para ser como tem sido e que mesmo malogrado como sempre fui, a existência se incumbe de dar emprego àquilo que tenho de útil. É partir do mínimo e chegar próximo do bastante, quando pouco, do aceitável.

Apoio a maleta no balcão com as traquitanas que desenvolvi especialmente para o meu serviço de olhar o oculto e peço um café. Um olho na veneziana imóvel e destroçada na casa do outro lado da rua e outro no movimento da turba, que se apressa em direções opostas, insinuando o contraditório num harmonioso conchavo, como uma simbiose em que o estatismo confabula com a pressa para disfarçar na psique humana o inócuo presente em cada passo, em cada movimento. Um gole mal calculado, a língua queimada e mais um gato, que salta de não sei onde para fazer pose na cena da minha mirada, se aprumando no mourão esquerdo das ruínas do pergolado que ainda ostenta uma videira saudável liberta das podas do passado.

Um sujeito magrelo e barbado esbarra na maleta, que vira no balcão de pedra e me faz perder o gato, que desaparece por trás dos arbustos deixando a ponta de um fio que prometia revelar mistérios. Fica apenas a imagem do felino altivo fixada na memória recente como uma fotografia não clicada, a sugerir com os seus olhos de certeza que ainda me falta desenvolver na profissão um tipo de destreza combinada com astúcia para produzir conclusões diligentes e certeiras. Repasso os gatos do passado à procura de uma conexão, de um sentido ou de qualquer outra intuição que possa compensar o desperdício da cena enquanto aguardo atento a um sinal que virá do interior da maleta repousada no balcão.

O moderno relógio de pulso digital marca dezesseis horas e trinta e dois minutos e confirma que as velharias, com seus desgastes, assim como os vetustos osteocomprometidos, demoram mais tempo para ir de um ponto a outro. Dezesseis e trinta e três. O sinete discreto na maleta avisa com três minutos de atraso que tenho apenas quinze minutos para saltar no quintal da casa em frente e seguir ligeiro para a antiga garagem dos fundos, antes que o vigia da rua passe o seu turno para o colega que vem para dormir a noite inteira, o que seria um problema a menos se eu não precisasse de alguma claridade ou não tivesse desenvolvido nos últimos anos uma neurose incontrolável que me assombra no escuro da madrugada.

2

Chove forte. Penso em ligar para o consultório do dr. Da Veiga, cancelar a consulta e dizer uns desaforos para a secretária dele, que não me deixa esquecer o quanto estou escravizado pelo tratamento medicamentoso com sua característica restritiva, que embaça os reflexos imprescindíveis do meu esforço em seguir firme nas pistas de regresso ao passado por centenas de anos quando é o caso de uma etnia nativa. No entanto, a experiência com as drogas em tratamento intensivo, quando a matéria química assume o comando das emoções e põe cores, brilhos e aromas para além do imaginável, serve bem ao propósito de trocar o insuportável pelo prazeroso, insinuando uma confiança perigosa em contraste às preciosas e necessárias hesitações úteis no jogo de avançar com cautela sem o custo dos deslizes.

A perna coça dentro do gesso e não há o que fazer até a próxima quinta-feira, dia marcado para a sua retirada. Preciso revestir o gesso com um saco plástico, algo que o proteja da água da chuva, antes da chegada do táxi. Fui mesmo estúpido em pensar que ainda alcançaria a altura daquele gradil num único salto. Tive sorte de cair do lado de fora e ser socorrido pelo próprio vigia, que, desatento às minhas intenções, não resistiu em me levar ao pronto-socorro do hospital próximo. Tem gente de tudo que é jeito neste mundo, e, depois de um episódio como esse, fico pelo menos três dias me sentindo uma pedra bruta, até que relaxo quando me percebo interagindo mimeticamente com a pedreira brutal que é o mundo.

Entre erros e acertos, a infelicidade da queda me trouxe a sorte de conhecer o seu Juvenal e saber que ele participou da mudança, quando o filho do professor Paulo Siqueira – do qual fui aluno na universidade e que juntara uma respeitável coleção de artefatos e arte indígena do Brasil –, infeliz com a morte do pai, se mudou para o Rio de Janeiro, transferindo na época toda a coleção para o Museu Nacional da Universidade Federal do Rio de Janeiro. Então não devo considerar desprezível esse pequeno mas valioso avanço, que viabilizou uma conexão importante com quem guarda no turno do dia a entrada da última residência do professor Paulo Siqueira, cujas paredes, chão e todos os espaços foram, com o culto e a reverência, impregnados de alma indígena até formar um quadrante de energia quase visível, no qual ainda reverberam os sons das danças e preces dos rituais antigos do povo autóctone que habitava o Brasil antes da chegada dos salvadores que vieram por mar, adoecidos pelo escorbuto, pela ignorância e pela pura verdade que os guiava.

3

Mostro sorrisos forçados quando recebo uma xícara de chá, um copo de água ou os comprimidos constantes, em demonstrações de gratidão e simpatia suficientes apenas para não parecer injusto e mal-agradecido com aqueles que dedicam parte da vida a cuidar responsavelmente dos infortúnios de vidas alheias. O Juca Bala diz com propriedade que o egoísmo é um ácido corrosivo, o tempo todo a deteriorar o tecido da sociedade. É mais uma das suas verdades metafóricas, fundamentadas no inusitado, que ficam transitando entre o absurdo e a sobriedade e que confirmam a sua índole humanista, de difícil percepção para quem ainda não o conhece por tempo suficiente para entender as suas bondades. Lembro repetidas vezes um comentário que fez numa das ocasiões em que eu lhe falava sobre os meus sonhos e pesadelos: Você vive dentro da sua cabeça. Você não vive no mundo.

Apesar de não saber ao certo em que tempo e circunstância mudei para dentro da cabeça, depois de resistir e tentar outros entendimentos, tive que aceitar que tenho passado a maior parte da vida na cabeça, onde prazeres, afeição e coragem se misturam com ódio, vergonha e medo. E, de acordo com o dr. Da Veiga, um medo que se instala na cabeça com propósito de moradia não é medo normal, é medo complexo, que passa a existir independentemente da influência de qualquer elemento causador.

É esse tipo particular de temor, combinado com o silêncio próprio da madrugada, entre as três e as cinco horas, que guardo no meu portfólio de transtornos em tratamento. A madrugada é um período para evitar a insônia a qualquer custo e restringir o acesso ao temor que altera os batimentos cardíacos, descompassa a respiração e faz reviver o sufocamento do pesadelo no qual eu era estrangulado na floresta. São horas críticas, quando o refúgio não está mais no quarto ou em qualquer outro lugar que não seja o espaço paralelo do onírico, que também tem suas criaturas apavorantes e ameaçadoras quando está sintonizado na frequência dos pesadelos. A promessa de bom humor das bulas das drogas ainda não facilita sorrisos dóceis; quando muito, prelúdios que embotam quase sempre antes de aflorar.

4

Batidas graves de um tambor latente reverberam na floresta. Um som lentamente ritmado vai aos poucos desvanecendo para ceder às vozes da mata, ao barulho suave da água no riacho e ao gorjeio de pássaros em revoadas curtas e graciosas. É o paraíso privado para onde seguem os afortunados merecedores dos bons sonhos. Vou anotar para dizer ao Juca Bala que desconfio que o paraíso seja sempre algo privado, personalizado. Quero saber o que ele pensa da ideia, porque, se for mesmo verdade, o inferno também pode ser muito da pessoa. Deus me livre! Como posso curar o temor da madrugada sabendo que tenho um inferno só meu?

Amanhece, a claridade preenche aos poucos as frestas da janela do quarto quando as velhas e sedimentadas rotinas dos dias retomam a vocação para, sorrateiras, garantir o exercício das suas prescrições. O Pedro teria uma frase eloquente para descrever uma constatação como essa, possivelmente algo como:

Esperem! Não cedam à primeira espiada do dia, que exige sangue de mil veias e o esforço copioso da carne!

Sentenças que, em essência, discorriam pelo viés do confronto e pela expressão de um senso conspiratório instrumentado por uma ideologia militar fecundada e distorcida na cabeça por modelos, presumivelmente, de perfis autoritários.

Herdei os tabuleiros, os livros, as miniaturas de soldados e guerreiros indígenas. Armas verdadeiras não encontrei. Ateei fogo quando o desejo era de abrir fogo, calçar o coturno e entrar resoluto naquela guerra, decifrar de forma acertada os seus propósitos e engendrar um plano obstinado o suficiente para colapsar definitivamente todos aqueles movimentos neuronais que perseveram belicosos em mim e que talvez ainda possam ressurgir com o Pedro, apesar do seu desaparecimento, se estiverem certos os que se ocupam profissionalmente em reconfigurar as verdades e os enganos no mundo.

5

O meu tratamento avança desavençando em duas frentes: as drogas e a psicanálise, que tem plantado sementes de dúvidas nos canteiros onde eu cultivava as minhas certezas. Parte daquilo que considero fatos, que ficaram registrados com a bandeira da verossimilhança na minha mente, acham-se agora submetidos a vozes que dizem e garantem, apoiadas pelos diplomas que exibem nas paredes, que eram realidades paralelas, criadas como subterfúgios ou caminhos de fuga do factual, ou ainda, na interpretação do Juca Bala, os caminhos que percorri quando decidi viver dentro da minha cabeça. E esses discursos agora me contam que tenho sido mais que um e ocupado cargos imaginários de diferentes graduações e poderes. Que criei um mundo exclusivo durante o tempo em que refutei tratamento, um espaço inacessível para qualquer um que não fosse eu e os personagens cujas biografias foram vividas por mim mesmo.

Olho interrogativo para a mãe, sabendo que ela marca com a sua existência maternal o traço do limite entre tudo o que é engano e verdade nesse novo mundo enredado que ora me apresentam. Ela abaixa a cabeça, e, quando a ergue, me olha com olhos marejados e um soluço com o trejeito e o propósito de uma conclusão afirmativa.

Mergulho no incógnito, sobrecarregando de angústia minha provável identidade primária, avisado das outras e da relatividade que converte o alguém que me referencia em uma entidade de personalidade múltipla. Prevejo que doravante haverá mais sofrimento no saber do que no ignorar e que a terapêutica poderá ser um curto e rápido caminho ao desatino. Quero adormecer, fugir para a mata, ouvir os tambores ocultos e sentir que ainda sou parte daquele outro mundo, onde a transitoriedade se mostra mais aceitável que a regularidade da existência mundana, onde a emoção supera o ímpeto imperativo da razão e equipara a linguagem dos bichos à dos doutos, traçando um caminho sem curvas para o entendimento.

6

Tenho passado horas inteiras peneirando lembranças no esforço de lotear a memória em coleções agrupadas por temas e indivíduos. Ao grande grupo do fantasioso, composto de suposições aspiracionais, conjecturas futurísticas e outras divagações de gêneros semelhantes, junto as experiências alucinatórias dos pesadelos e o deslumbramento utópico dos sonhos.

As interações verbais carecem de ordem cronológica e vínculos diretos aos sujeitos, consistindo em diálogos apropriados para serem registrados em cadernos exclusivos. Tomo nota das falas importantes, destacando a conexão com outros diálogos e personagens. Tudo vinculado à cronologia, anotada ao final de cada interlocução, facilitando a remissão aos fatos a partir da constatação do período, como quando, em 1979, o professor Paulo Siqueira, no intervalo entre as aulas, evidenciou que estava trabalhando na escavação de um compartimento no subsolo do seu domicílio, especialmente para dispor, em segurança e classificação, a sua coleção de ossadas indígenas do período inicial da colonização do Brasil. Os diálogos com a Carolina são intrigantes por despertarem as mais diversas emoções, da paixão à repulsividade, entremeados por admiração, respeito, cumplicidade e tantos outros sentimentos tão diversos quanto intensos.

Nunca poderei ceder aos que dizem que a Carolina foi mais uma das minhas criações. Ainda guardo algumas poucas peças do seu vestuário perfumado como prova física de que muito do que vivi no passado foi apoiado numa realidade consistente com o modelo de verdade universal. Vejo indícios de um arranjo estruturado numa retórica conveniente para reconfigurar a minha história em algo aceitável do ponto de vista clínico. Considero que, estatisticamente, trinta por cento ou mais dos argumentos que ouço não condizem com os fatos e que, se o meu passado foi desenvolvido no engodo, o meu futuro está sujeito ao embuste. O caminho da certeza se movimenta no tempo e no espaço e, irrastreável, me deixa à deriva como um náufrago solitário num oceano sem referenciais. Estou no limite do suportável, e a suspensão da terapêutica se tornou um pensamento recorrente.

7

Sair de casa com uma missão definida é a melhor tática que aprendi para transitar entre a cabeça e o mundo. Há também um recurso poderoso que eu guardava em segredo há anos até perceberem as pequenas manchas de sangue sempre presentes no mesmo local nas roupas que uso. A dor tem serventias ignoradas, e as agulhas não foram pensadas apenas para a costura ou para a medicina.

No museu, as vestes de sua majestade, o rei, são tão reais quanto o diadema de longas penas azuis de arara que representa o poder tropical subjugado e adestrado para o serviço de um progresso moldado na transgressão. Jaci, a lua silvícola, testemunhou incontáveis emboscadas com a sua sagrada claridade de cheia. Vai tudo aqui anotado para a garantia do acesso quando os duvidosos me fizerem provar a autenticidade das histórias que os materiais comprovam com as suas formas e cores desbotadas pelos séculos.

São catorze horas, e o meu compromisso da tarde envolve escavação, um prazer desde o tempo de criança. O Juca Bala, que tinha paixões predominantemente de superfície, se divertia dizendo que, quando adulto, eu me tornaria um salvador de minhocas profissional, até quando cometeu o erro de revelar o nome da serpente tatuada em toda a extensão do seu braço direito. De repente, um pensamento apavorante paralisa os meus passos e adormece os músculos da minha face. Preciso me sentar. Dez metros à frente um banco vazio me mobiliza novamente. Será também o Juca um produto do meu psiquismo? Sinto a pulsação golpeando forte a garganta. Tiro o casaco com uma urgência incontida. A camisa tem muitos botões que podem ser repregados porque os botões também foram feitos para servir ao homem e não para aprisioná-lo. No meu braço direito exposto, não vejo nenhuma serpente tatuada. Aliviado, deito relaxadamente no banco, repouso a cabeça no apoio de braço quando um trovejamento apaga os meus sentidos.

Desperto dessa vez serenamente, sem os sobressaltos habituais. O colchão e o travesseiro parecem ter sido trocados por outros de consistência gelatinosa, e uma prazerosa percepção de estar flutuando resgata a ideia que eu havia perdido sobre o significado da palavra "conforto". As cortinas estampadas de palmeiras esvoaçam com a brisa da tarde, a cadeira no canto do mesmo quarto e o gotejamento que persiste vagaroso me fazem desconfiar que talvez eu ainda não tenha recebido a alta prometida pelo médico e que os últimos acontecimentos podem ter sido vividos em sonhos e devaneios, ou como resultado de episódios delirantes, o que dá na mesma. Aceitei a sugestão do Juca Bala de não perder mais tempo no esforço de separar as experiências reais das do imaginário e do onírico.

Um vozerio passa pelo corredor, faz uma pausa do lado de fora da porta fechada do quarto, e uma voz impostada e professoral fala a um grupelho sobre a importância e a validade da terapia eletroconvulsiva em pacientes que não respondem positivamente à terapia medicamentosa. A porta se abre e à frente do grupo o dono da voz de docente me pergunta com um sorriso profissional se acordei bem e se ao acordar tive dores de cabeça. Demorei um pouco para entender que fora submetido ao tratamento de choque. O médico, percebendo a minha fleuma e estranhamento, explica ao grupo de residentes na sala que a perda de memória de curto prazo é comum e reversível, e que alguns pacientes se sentem ultrajados com a hipótese de não terem sido consultados sobre a decisão do procedimento terapêutico, voltando depois de algum tempo a se lembrar da sua participação e do seu envolvimento na etapa pré-procedimento.

O cortejo esvazia o quarto, e minha cabeça, por sugestão ou por efeito colateral, começa num latejamento progressivo, que afasta temporariamente a possibilidade de avaliar e digerir os reais significados e impactos dessa nova etapa do meu tratamento.

8

Recebi flores e a agradável visita da mãe na manhã de hoje. Soube logo cedo que mais uma vez completava anos e isso rendeu um banho fora do horário habitual, pijama novo e a aspersão de um desodorizador no quarto que me deixou nauseado a ponto de comprometer os planos festivos da Dinalva. Cinquenta e seis anos, ela disse. O Juca Bala acaba de chegar e diz para a Dinalva que pretende ficar ao menos duas horas comigo. Sei que a Dinalva não tolera o Juca e só virá ao quarto enquanto ele estiver aqui se for horário de algum medicamento ou por causa de alguma outra necessidade inadiável.

Há alguns meses, quando percebi sua repulsa pelo Juca, perguntei-lhe qual era o problema. Ela disse que o que a assustava eram aqueles desenhos de demônios que ele trazia no corpo. Pensei um pouco e em vez de argumentar disse-lhe que ela tinha razão, que o Juca andava mesmo de braços dados com o capeta. Depois desse episódio ela ficou mais à vontade para falar da Igreja que frequenta e de como ela acha que o mundo está perdido. Tornou-se um passatempo dos bons, e agora, se depender de reza, acho que vou mesmo para o céu, porque ela diz que me coloca em todas as suas orações, obrigado, Senhor, amém.

O Juca fala de como acha importante eu retomar os meus textos, as minhas anotações diárias, e sugere, como em outras vezes, que em breve vai se dedicar a encadear fragmentos de textos de épocas diversas para compor um conjunto com a fisionomia de uma história. Concordo, sem ânimo para pontuar que nas últimas vezes que repassei os textos em leitura não reconheci grande parte das ideias ali escritas e que nada me convence de que aquilo tudo saiu da minha cabeça. Eu devia ter feito desde o início como sempre fiz com as fotografias: rasgava e desfrutava do bom sentimento de estar desconstruindo o passado.

Estou surpreso com as melhoras recentes do meu estado geral. Os pesadelos cederam, e há noites em que não acordo uma única vez. Noutras, tenho sonhos agradáveis, alguns carregados de emoções, como o que tive na noite de terça-feira, quando, ao passar por uma alameda aprazível, esculpida com vigorosas árvores floridas, me dei conta de que não caminhava, não precisava dos pés, flutuava. O que se seguiu foi um jorro de boas sensações alimentadas pelo poder simbólico de muitas imagens inspiradoras e de outras um tanto sombrias, mas capazes de resumir valores harmonizados com a imperfeição, que é a característica patente da experiência humana. Ao final da alameda uma porta e um facho de luz intenso que dela saía. Porta adentro, uma senhora com a aparência da bondade me acolhe com um abraço receptivo carregado com a energia de um amor inexplicável. Mãe? Sois vós também a minha mãe?

9

Soube mais tarde, ao questionar a medicação venosa intensa num quadro de boa recuperação como o meu, que havia sofrido uma parada cardíaca na última terça-feira durante um procedimento médico. A Dinalva não soube ou não quis falar sobre as circunstâncias do ocorrido. Disse que os medicamentos foram prescritos para manter a pressão arterial equilibrada e que o médico cardiologista passaria em visita no decorrer do dia e poderia dar maiores explicações. Curioso, pensei: como posso estar sentindo uma melhora significativa mesmo após uma parada cardíaca?

O cardiologista explicou que tinham sido apenas quarenta e cinco segundos e logo me trouxeram de volta, complementando que um episódio como esse não deixa qualquer sequela e que a vida volta à normalidade em pouco tempo, como se nada houvesse acontecido. Ele enfatizou a necessidade de manter a pressão arterial sob controle e disse ao final que, não havendo descuido no tratamento, eu ficaria bem e iria para casa no dia seguinte. Foi tão envolvente e convincente que acabei me esquecendo de perguntar em quais circunstâncias tive a parada cardíaca.

Pedi à Dinalva para dar um jeito de trazer o meu prontuário do posto médico. Não entendi tudo, só o suficiente para saber que a parada cardíaca acontecera depois da anestesia geral preparatória para a eletroconvulsoterapia. A observação mais recente do cardiologista desaconselhava novos procedimentos de ECT, alertando para o risco de prováveis novas intercorrências. Perguntei à Dinalva quanto tempo durava a minha internação, e a reação dela foi de surpresa misturada com o tédio de quem precisa ficar repetindo o já conhecido. Desde antes de ontem, ela disse, emendando sem aparente maldade que de amanhã em diante eu perguntaria a ela todos os dias há quanto tempo eu havia recebido alta. Gostaria de ter lhe dito, se tivesse lembrado, que a experiência de não saber tem sido menos desagradável do que o constante estado de alerta para o entendimento, e que, embora eu fizesse perguntas com certa regularidade, na verdade era mais a expressão da força do hábito do que propriamente uma vontade ou determinação de participar de tudo o que precisa estar subordinado ao tempo e às constantes e insuportáveis providências para a manutenção de um resto de vida que é menos do que sobra, sendo quase o troco de uma existência inteira de pouco valor.

10

Estou em casa. A casa do sítio da tia Rosana. É uma certeza, comprovada pelo canto da mãe-da-lua no amadurecimento da noite. O ouvido se mantém afinado com o canto do pássaro, que parece dizer ao mundo que tudo de alegre se perdeu na vastidão do céu enegrecido. A mãe pergunta se quero ouvir, como no tempo de criança, a lenda indígena da mãe-da-lua e conta sobre o jovem guerreiro apaixonado, morto pelo cacique enciumado do amor da filha. E de como a menina fora transformada pelo velho pai na ave noturna condenada a chorar com o seu triste canto a morte do amado nas horas mais silenciosas da noite.

Peço à Dinalva que traga caneta e uma folha em branco para anotar a tragédia que deu o tom de melancolia na garganta do pássaro. As minhas mãos tremem e transferem para a caligrafia o inverno interior que ameaça esfriar o meu corpo para sempre. A mãe avisa que às dez e meia tem os comprimidos da noite, sem nenhuma desconfiança, antes de levantar da cadeira com a dificuldade dos octogenários e encerrar os preparos para um repouso que não está fadado à plenitude. Tomo de um só gole a água reservada aos três comprimidos perdidos entre cascas de cebola e palitos de fósforo queimados no cesto de lixo da cozinha.

O sono, que vai chegando em silêncio, transporta a floresta escura para dentro do quarto, e nela, pintado de urucum, o velho cacique assassino de olhos vermelhos, ameaçador, parece arder em fogo. Reconheço-o de outros pesadelos, e a intuição me diz que se o chamar pelo nome o seu poder sobre o meu espaço para sonhar vai se desfazer em fumaça. O velho índio com olhos de brasa caminha agora na minha direção. Procuro na memória um nome que o identifique e não encontro. Terei o mesmo destino do desgraçado que cometeu a insensatez de amar? Aflito, busco no instinto um recurso e sinto as minhas pernas involuntariamente se movimentando em fuga. Desperto no interior da mata. Um arranhão no rosto verte um filete de sangue que molha os meus lábios. A Dinalva, sentada ao meu lado, tem o braço esquerdo sobre os meus ombros e uma toalha branca úmida na mão direita, que mistura orvalho, suor e sangue. A mãe nos aguarda com as luzes acesas e uma oração nos lábios que parece interminável.

11

O Juca Bala havia me prevenido de que em breve eu talvez voltasse a lutar batalhas, que eu seria novamente convocado por um poder recrudescido, que resistiu ao tempo aplacado, mas nunca totalmente erradicado. O certo é que, uma vez soldado, sempre haverá no guarda-roupa do inconsciente uma farda bem passada e disponível para o imprevisível, ele dizia com razão.

Já morri uma centena de vezes nesse conflito armado. Conheço a dor da baioneta, do estilhaço de granada e do peso de escombros, que foi a minha morte mais lenta e difícil. De mais custoso convencimento é a morte de enfermidade, feita sob medida para velório, para o choro alheio. É caprichosa, soberba, e só estende a sua capa negra no tempo que lhe apraz ou muito a contragosto quando a ousadia combina com a desesperança e mais uma dúzia de razões desalentosas capazes de despertar no ser o impulso para protagonizar o seu último ato.

Sinal de exigir resposta ao chamamento! Pensar vergalhões de esmagar conquistas ancorados no brio.

Há tempos não contemplo o nascer do sol. Ignoro se é quarta, domingo, dia santo. Tudo o que acontece, entre um anoitecer e outro, não tem sido muito mais que uma longa e castigada espera. Pequenos prazeres se tornaram impossíveis, como o de segurar firme o binóculo para observar a fauna na sua intimidade no interior da mata. A diversão com o Pitoco, que é o cachorro do Juca, esfriou quando as forças de lançar a bolinha para o exercício de buscar e experimentar o seu orgulho canino enfraqueceram. Na guerra noturna ainda sou forte. Noite passada, recolhi corpos despedaçados e os carreguei durante cansativas horas. Nunca antes sentira de forma tão realista a proximidade do fim. Delírio? Alguém vivo já esteve mais perto do fim do que neste exato momento?

12

Fiz a Dinalva prometer, depois de muito trabalho persuasivo, que entregará diretamente nas mãos do Juca a missiva que concluirei com a dificuldade dos trêmulos nas próximas madrugadas insones. Estou seguro de que posso confiar na Dinalva, mas, por garantia, selarei o envelope com cola abundante e direi a ela para exigir que o Juca o apanhe com a mão esquerda, livre da tatuagem do demônio. Uma pitada de mistério envolvendo a serpente do Juca será válida para temperar a imaginação da Dinalva e desencorajá-la de mudar de ideia ou nutrir algum arroubo de curiosidade.

Sinto que em breve estarei livre, poderei tudo o que a mente ambicionar e o corpo ainda suportar, a qualquer tempo. Quero mesmo abraçar o infinito, numa partida que poderá quiçá também ser chegada, ninguém sabe ao certo. O que ficará de mim, além da matéria que pertence ao mundo, é o mesmo fardo de incertezas que levo também comigo; e as madrugadas futuras, quem sabe o que elas reservam?

A Dinalva pergunta se pode confirmar a sessão de amanhã com o fisioterapeuta. Pergunta difícil de responder. O latido agitado do Pitoco se impõe no momento oportuno. Um ouriço-cacheiro escala sem pressa a cumeeira da casinhola de ferramentas, e no animado da hora o Juca chega sem avisar, portando um embrulho incapaz de disfarçar o objeto que encerra. Ele coloca o pacote sobre a mesa e me diz, entre goles de café, que se trata de uma joia da literatura brasileira que merece releituras e que, se fosse eu, o agarraria na primeira oportunidade. Apanho o embrulho, mas, antes de abri-lo, calculo pelo manuseio do volume que a obra é de leitura rápida. Três horas, talvez mais se o escrito exigir, nas circunstâncias atuais, espaços para reflexão. Perco quase quarenta e cinco preciosos minutos, consumidos pela dúvida. Receio o poder das palavras e das ideias que podem combalir propósitos de decisões tomadas. Por fim, abro o pacote e mergulho na leitura, como quem se esquiva do fogo, enquanto a Dinalva dormita na cadeira estofada, alheia aos latidos intermitentes do Pitoco, cuja memória parece retardada em esquecer o bicho que andou no telhado e que decerto descansa confortável em algum oco de árvore distante.

Quarta parte

"As únicas mentiras pelas quais somos realmente punidos são aquelas que contamos para nós mesmos."
V.S. Naipaul

Juca, chegou enfim o esperado tempo de eu utilizar esta via de uma só mão e poder falar a você sobre tudo o que guardei em segredo por não desejar respostas, conselhos ou comentários de qualquer natureza.

Se a Dinalva fez de acordo com a minha recomendação, no tempo certo e conforme rigorosa instrução, o que aqui vai escrito não terá a distorção que a defasagem do tempo pode ensejar. Não estará tampouco o episódio ilativo do qual falaremos mais adiante desafinado com tudo o que envolve as circunstâncias da minha experiência de vida no seu estágio final, quando as condutas se deram em grande parte do tempo, de acordo com os profissionais de saúde que me acompanharam, em estado alterado de consciência, se é que isso tem hoje qualquer importância. Você, mais do que qualquer outro, poderá compreender que do ponto de vista físico o meu tempo marcava as últimas medidas, e sem esforços concluirá que o melhor e o pior são, em muitos casos e neste em particular, opções de valores equivalentes, representando apenas diferentes alternativas a serviço de toda a gente, em disposições, ainda que distintas, surpreendentemente igualitárias. Assim refletindo, você aceitará o fato de que a perda no sentido figurado se mostra por vezes vestida de ganho no sentido prático, tendo exercido parte da sedução mobilizante que suscitou os desfechos definitivos por mim há tanto almejados. Sei que você se irritará neste mesmo instante com a certeza de ter passado todo o tempo reafirmando que nunca me compreenderia na plenitude enquanto eu continuasse a fazer uso de argumentos moldados na dicotomia. Quero admitir, nesta última vez, que o contraditório realmente abarcou toda a minha lógica e o fez movido pela naturalidade de um pulmão a inspirar e expirar inconscientemente. Vida e morte num só tempo e em todo o tempo.

Volto dezenas de anos no passado. Tenho voltado inúmeras vezes e deparado sempre com a imagem nítida daquele artefato indígena que transformamos em arma na segunda noite daquele último acampamento de férias da escola. Aquele, Juca, foi para mim o arco de virar réu, e dividiu em boas e más águas o rio que banhava a virtude, na época por mim projetada tão durável quanto uma existência. Me pergunto se você ainda se lembrará do nome daquele que foi o sujeito do segredo mais bem guardado da nossa história. Da minha parte, aquela abominável arma indígena irrompeu, desde então, todas as vezes que fechei os olhos.

Nunca o culpei e ainda agora não penso que a sua e a minha responsabilidade sobre aquele acontecimento tenham sido suficientes para nos colocar nas vias da aflição tal como sucedeu nos primeiros tempos e depois, ao longo de todos esses anos, em mim, na forma de má e indelével reminiscência. Não obstante a sua facilidade em abstrair e superar os efeitos de tal ocorrência, visitei aquelas cenas até os meus últimos dias, e sobretudo nos últimos dias. Sei que o nosso feito decorreu muito mais da circunstância do que de convicções, pois naquele tempo não as tínhamos estruturadas em comum. O preço que custou, esse sim o pagamos em proporções tão diversas quanto as nossas habilidades em escamotear interiormente a importância e as implicações dos nossos atos em vidas alheias.

Sem arrependimentos, Juca, apenas a constatação do distúrbio e da clareza que desde então combateram em mim. A lição daquela tragédia, no entanto, ainda que arrebatadora, não resultou em força simbólica suficiente para conter novas transgressões, abalizadas sempre, é bom dizer, por razões que tínhamos ou que forjávamos ao ânimo do momento. E assim também o fizemos nas outras vezes, ocasionalmente com ferramentas cortantes da sua preferência. Sem arrependimentos, primo, apenas a constatação do lado sóbrio que fora a segunda voz de uma mente amadurecida para o desengano.

Os cadernos onde registrei com a sua assistência os paradoxos de toda uma vivência, você sabe onde os guardo. Pode se valer deles para qualquer préstimo, ainda que seja para me acusar, se o benefício lhe parecer compensador. A quem mais interessaria não me ocorre imaginar.

Você não encontrará registro de qualquer ordem envolvendo os nossos jogos de ocultação. Esses ficaram, da minha parte, circunscritos e protegidos em mim. Eu jamais trairia o nosso trato e sei que você também por certo os levará seguros consigo até o seu último suspiro. Deixo aqui, no entanto, nesta etapa final de jogo, a prerrogativa da igualdade, e nela a opção para que você revele a qualquer tempo e a quem considerar conveniente os contornos das profundezas escuras e frias que percorremos, apoiados na cumplicidade mútua, ao abrigo do nosso segredo. Perdoe se estou usando um traçado unilateral, que o deixará sem a via de acesso para veicular os seus argumentos. O certo é que as minhas versões sobre o que quer que fosse jamais foram aceitas como efetivas, e você, fazendo uso da regra, me diria que tudo teria acontecido exclusivamente na minha psique. Então se esforçaria para me convencer de que o processo de ocultação baseado na queima e posterior pilagem nunca o praticamos. Contudo, o ruído da trituração dos ossos moeram desde sempre também os meus miolos.

Cabe aqui um parêntese esclarecedor, que você pode interpretar como acusação ou apenas aceitar como fato de que não controlava tudo à sua volta, mesmo quando as reações lhe sugeriam tal condição: quando voltei da Nova Guiné, trouxe uma determinação escrita com a ajuda da Carolina, de romper com tudo e investir, com a sua participação e apoio, na busca de um tratamento que nos afastasse definitivamente da flama que prometia fogueiras de perversidade. E qual foi a sua resposta? Que estava tudo no *script* do filme que produzia e que já teria avançado a um ponto no qual o retrocesso era inviável. Paguei com porções de delírio e de um tipo de dúvida que mistura do bom e do mau para produzir na consciência a tortura ambígua dos vacilantes. Dividi, portanto, muito ou quase tudo do que foi a nossa biografia pregressa com a Carolina. Como você está entre os que sugerem que a Carolina foi invento meu, não haverá razões para desassossego.

Você, Juca, será o único em condições de interpretar, à luz de tudo o que vivemos e compartilhamos, a peculiaridade das minhas últimas providências e a conotação que vai resultar da minha partida.

Ao extravio desta, deixo ao leitor oculto a possibilidade das suposições, devidamente revestidas com o artifício das incertezas que suplantaram há muito a minha própria fé. É oportuno reafirmar também que os recursos lúgubres empregados no seu trabalho de cinegrafia o levarão a um tipo de fosso compatível com a insânia que você sempre qualificou como "doença de paisagem exterior".

Uso este espaço de forma deliberada para asseverar que fomos, e você ainda é, disparatados em medidas obscuras, e que a sua porção procedente sempre foi muito pródiga em vender um pacote de humanidades além de qualquer suspeição. Eu mesmo o comprei sempre e continuaria aceitando-o como a melhor companhia para uma história, porque, a exemplo da luz que se valoriza no escuro e do verdadeiro que ganha relevância no falso, as nossas imperfeições são, em verdade, as razões únicas que sustentam a vida na forma contundente como ela se impõe. Há mesmo certa verdade na sua ideia de que numa trama de insanos o mundo inteiro é só insanidades.

Você por certo se recorda do trabalho nas minuciosas instruções e do pretenso rigor na caracterização dos personagens do seu filme. Como era exigido o movimento de continência, Juca?

Junte os dedos e puxe firme a mão direita sem perder o movimento da marcha!

Vejo, num lampejo de memória de tempos passados, uma cena em que o comando das tropas, com sua distinção nas táticas de enfrentamento, carregava em marcha o mérito e o orgulho desenhados em flâmulas para servir de encorajamento na refrega sempre improrrogável. Relembro também a sua índole hedonista, o que me faz pensar no quanto o desfecho aqui descrito poderá entusiasmá-lo e neutralizar qualquer tipo de condolência. Fique firme com a lógica da exultação, Juca!

Bem, passemos a um lado mais prático: você sabe que empreendi diariamente parte do tempo anotando detalhes, impressões e até meros palpites sobre ocorrências curiosas, muitas delas comezinhas, frequentemente a partir de ou com opiniões e considerações suas. Eu o fiz também com matérias resvaladiças, como os nossos experimentos junto dos personagens menos emblemáticos do seu trabalho cinematográfico, os quais extinguíamos sempre que o vício malsão cobrava o preço do seu emprego.

Juntei ao todo, conforme contagem recente da Dinalva, oitenta e nove cadernos, ordenados de início por uma razão cronológica, depois, a partir do caderno quarenta e seis, por temas específicos. Será do seu interesse apanhar o caderno de número cinquenta e quatro, onde verá anotações esparsas de traços biográficos de alguns dos personagens incógnitos do seu curta-metragem, dos quais emprestamos os cacoetes, os trajes e em muitos casos as particularidades das suas alienações. Se não o encontrar pelo número, você encontrará pela distinta capa ocre ou, quem sabe, pelo título escrito em destaque na primeira folha: *A riqueza inexplorada dos prófugos*.

Em tempo: deixe a Dinalva seguir o caminho dela, os infortúnios e a ingênua aspiração de um futuro resolvido ao custo da sua dedicação ao religioso. É muito certo que não a verá mais depois da entrega destes escritos e, se assim for, a superstição que ela nunca escondeu estará plena de acerto ao levá-la para longe da perversão que o acompanha. Questioná-la nem sequer produzirá alguma referência considerável, já que a mantive no campo seguro da ignorância por todos esses anos.

Permita aqui uma adversão singular: não facilite que o seu corpo avance muito mais que a sua mente no processo degradatório, Juca. Ter, ao final de tudo, a consciência, mesmo que doente, na plena atividade em descompasso com um corpo insuficiente, o fará sofrer o castigo do ultraje e da resignação. Algumas leis do nascer, do viver e do morrer parecem mesmo constituídas para o jugo, a nos lembrar sempre que somos essencialmente perdedores. Nisso, a releitura de *Macunaíma* foi de uma utilidade libertadora e, em certo sentido, uma verdadeira forra. Nascer herói da nossa gente e amealhar um reinado isento de preço e do peso da moralidade só é mesmo possível no rico e libertador universo da literatura.

Estou chegando ao final, Juca, mas antes de deixá-lo no exercício racional da opinião e do julgamento quero lembrá-lo da máxima que norteou as nossas decisões nas horas críticas, quando tomávamos emprestado o bastão da autoridade para cancelar futuros alheios.

Resumindo tudo a matéria, o que resta é tão somente a transformação.

Quando da leitura desta e da ciência dos fatos, você entenderá com facilidade que dei instruções para que empregassem também em mim a metodologia que aperfeiçoamos ao longo do tempo e dos vários casos que experienciamos. Você não terá dificuldade em constatar a quem recorri para a mão de obra na consumação deste meu último plano, mas, para não deixá-lo na dúvida, quero lhe dizer que, se tudo deu certo, o Plínio terá confirmado mais uma vez a sua firmeza e lealdade.

Você, mais do que ninguém, conhece a minha intolerância à ideia de ser resumido a ossos. Então, na ausência de qualquer despojo, você deve aceitar o fato de que não estou mais em lugar algum. Como eu lhe dizia regularmente, no nível do merecimento, nunca separei você, eles e eu. Não deixe, no entanto, a tirania da conotação estrita o enganar: ainda serei um pacote de incertezas a ocupar raciocínios, suposições e juízos, até que os levantamentos e as constatações sejam suplantados pela exigência do tempo que avança obstinadamente a devorar e transformar tudo o que existe.

J. Bristol

Este livro, composto com tipografia Electra
e diagramado pela Alaúde Editorial Limitada,
foi impresso em papel Pólen Bold noventa gramas
pela Ipsis Gráfica e Editora S/A no quadragésimo
nono ano da publicação de *Quarup*, de Antonio
Callado. São Paulo, março de dois mil e dezesseis.